Maude Nepveu-Villeneuve

LA REMONTÉE

Roman

LES ÉDITIONS DE TA MÈRE

Conception graphique : Benoit Tardif
Image de la couverture : Mügluck
Révision linguistique : Maryse Andraos
Direction littéraire : Maxime Raymond
Infographie : Rachel Sansregret

Bibliothèque et Archives nationales du Québec - 2015
Bibliothèque et Archives du Canada - 2015
ISBN (papier) - 978-2-923553-79-5
ISBN (EPUB) - 978-2-923553-80-1

www.tamere.org

L'auteure remercie le Conseil des arts du Canada de son soutien financier.

Nous remercions de son soutien le Conseil des Arts du Canada, qui a investi 20,1 millions de dollars l'an dernier dans les lettres et l'édition partout au Canada.

À mes grands-mères, Aline et Madeleine
À ma mère, Danielle
À ma fille, Adèle

Ne partez pas, ne nous abandonnez pas.
Nous vous aimons terriblement, nous vous mangerons.

– Maurice Sendak, *Max et les Maximonstres*

Should I tear my heart out now?
Everything I feel returns to you somehow

– Sufjan Stevens, « The Only Thing », *Carrie & Lowell*

SAMEDI

Clarisse avait failli ne pas répondre au téléphone.

Le vernissage avait commencé comme tous les autres. Elle était arrivée à la dernière minute, alors que le DJ était déjà installé et que Renaud, son associé, discutait dans un coin avec l'artiste. L'employée avait déjà rempli de vin rouge et de vin blanc des dizaines de coupes de plastique qui attendaient, avec les bouchées préparées par le traiteur, sur des plateaux posés sur le bar, au fond de la galerie. En vitesse, Clarisse avait vidé dans des paniers les sacs de chips qu'elle avait apportés, puis, pendant que tout le monde regardait ailleurs, elle avait calé le fond d'une bouteille de blanc et était allée remettre un peu de cache-cernes dans les toilettes.

Les gens étaient arrivés au compte-goutte d'abord, puis par grappes, et elle s'était efforcée de faire la conversation à tout le monde dans la galerie de plus en plus pleine. Il fallait presque crier pour se faire entendre à travers les voix et la musique, dont le volume avait semblé monter inexplicablement à mesure que la soirée avançait et que les plateaux revenaient au bar remplis de verres vides. Malgré les fenêtres ouvertes, on s'était vite mis à étouffer à l'intérieur et Clarisse avait regretté d'avoir choisi une robe à manches longues.

Elle était en train de présenter les toiles à un collectionneur, un client habituel mais capricieux, quand son téléphone avait sonné. Son argumentaire de vente commençait à s'essouffler, tout comme, lui semblait-il, l'intérêt de l'acheteur, et elle avait sorti l'appareil de sa poche tout en continuant à parler. Elle avait froncé les sourcils en voyant le numéro, qu'elle ne reconnaissait pas. Un numéro dans le 418. Elle ne connaissait personne dans le 418. Elle avait envisagé une seconde de replonger le téléphone dans sa poche sans répondre mais, au même moment, l'artiste était venue se planter entre elle et le collectionneur, attirée sans doute par l'odeur d'une vente potentielle. C'était une toute jeune peintre qui en était à sa première exposition et faisait des tableaux immenses, démesurément grands à côté de son corps frêle et anguleux. Clarisse en avait profité pour la présenter rapidement, lui avait laissé le client entre les mains et s'était éloignée pour prendre l'appel.

« Allô? »

Une voix étouffée lui était parvenue de l'autre bout du fil, sans qu'elle puisse comprendre ce qu'elle disait. Elle avait jeté un coup d'œil par-dessus son épaule. Renaud était derrière le bar et remplissait des verres. Elle était sortie de la galerie et avait fait quelques pas sur le trottoir. C'était une des premières soirées chaudes du printemps et les terrasses, tout autour, étaient pleines. Il y avait à peine moins de bruit dans la rue qu'à l'intérieur.

« Allô? »

Elle avait fini par comprendre ce que répétait la voix. C'était une femme qui voulait lui parler, et qui lui demandait si elle savait où pouvait bien se trouver David Hamelin.

Clarisse s'était arrêtée net.

Elle n'avait pas vu David depuis presque trois ans. Elle ne lui avait pas parlé non plus, n'avait eu en somme aucun contact avec lui, et il aurait bien pu être mort qu'elle n'en aurait jamais rien su. Quand il avait quitté Montréal, il ne lui avait même pas dit exactement où il allait, seulement qu'il repartait vivre dans le Bas-du-Fleuve.

Elle n'arrivait donc pas à comprendre pourquoi une certaine Victoire Bernier l'appelait, elle, ce soir-là, près de trois ans après leur séparation, parce que David n'était pas rentré souper.

« J'ai des règles très claires là-dessus, mes pensionnaires doivent me prévenir s'ils ratent un repas, et David a jamais manqué de m'appeler. Je veux pas vous inquiéter, mais je fais le tour de son carnet d'adresses, et je suis tombée sur vous. Vous êtes une amie? »

Clarisse avait balbutié que non, pas vraiment, qu'elle était une vieille connaissance et n'avait pas eu de nouvelles depuis des années. La femme, la logeuse de David, vraisemblablement, s'était confondue en excuses pour l'avoir dérangée, et elle avait raccroché.

Le téléphone dans la main, Clarisse était encore debout au milieu du trottoir, perplexe. Elle avait souvent pensé à David depuis qu'il était parti, et encore plus depuis quelques mois. Elle n'avait jamais essayé de le retrouver, pas même sur Internet, mais elle avait eu envie de le faire – plus d'une fois, d'ailleurs –, et voilà que, d'une certaine manière, c'était lui qui l'avait trouvée. Elle avait maintenant un numéro où le joindre, si elle le voulait, quand il finirait par rentrer.

Elle regarda l'heure et soupira en écoutant la basse résonner jusqu'à la rue. D'ici deux heures, ce serait fini, et elle pourrait rentrer chez elle.

Elle retourna à l'intérieur et, du seuil de la galerie, parcourut la pièce du regard. L'acheteur était parti. Elle attrapa au passage un verre de rouge sur un plateau et le but en deux gorgées. Renaud s'approcha.

« J'espère que c'était un appel important, tu viens de nous faire perdre une vente.
– Je suis désolée.
– Il va falloir que tu fasses quelque chose, Clarisse. Ça peut pas continuer comme ça. Depuis l'accident… »

Clarisse l'interrompit, leva une main vers lui.

« Je me suis excusée. Arrête. »

Et elle s'enfonça à nouveau dans la foule du vernissage sans laisser à Renaud le temps de répliquer.

***

La soirée s'était terminée plus tard que prévu. Les terrasses, dehors, étaient maintenant désertes, et la galerie était remplie de verres vides, de miettes et de serviettes de papier abandonnées. Le DJ était déjà parti, et Renaud avait mis un disque sur leur vieille table tournante, parce que faire le ménage dans le silence le déprimait et qu'il avait compris qu'il valait mieux ne pas parler à Clarisse, attendre que ça vienne d'elle. Et comme ça ne venait pas, il fallait de la musique pour remplir le vide.

Dans la lumière du soir, les tableaux semblaient presque menaçants avec leurs formes indistinctes. Il y avait eu quelques ventes, assez pour contenter l'ego encore bourgeonnant de l'artiste, mais rien d'exceptionnel, rien même de très satisfaisant. Les gens étaient là pour boire le vin et manger les petites bouchées, et pour faire semblant d'admirer les toiles en se prenant en photo avec leurs amis. Il faudrait miser sur les critiques, le bouche-à-oreille, les collectionneurs réguliers, comme d'habitude.

Un sac poubelle dans les mains, Clarisse fit lentement le tour de la galerie, enjambant les tas de saletés laissés un peu partout par Renaud, qui la guettait du coin de l'œil en passant le balai. Elle ramassa un à un les déchets éparpillés et se rendit jusqu'au bar pour mettre les bouteilles vides dans une boîte. Penchée derrière le comptoir, elle jeta un coup d'œil autour d'elle, attrapa une bouteille de vin rouge pleine, la mit avec les autres, puis, une fois dans la ruelle, la glissa dans son sac avant de déposer la boîte au recyclage. Elle souleva le couvercle du conteneur pour y lancer le sac poubelle. Plus loin, dans un appartement, un bébé pleurait. Elle eut un haut-le-cœur.

Elle retraversa enfin la galerie en passant en silence devant Renaud qui, appuyé sur son balai, lui mit une main sur le bras pour la retenir.

« Repose-toi, OK? J'ai besoin que tu sois là lundi. »

Elle marmonna une réponse molle. Il soupira, lui lâcha le bras, et elle fonça jusqu'au trottoir sans se retourner, sentant encore son regard dans son dos pendant qu'elle marchait vers le métro.

Elle passa tout le trajet à fixer un point entre ses pieds, sur le sol gris et sale du wagon, tentant de donner un sens à la situation. C'était comme si son esprit s'était vidé et qu'elle n'avait plus su comment réfléchir. Elle faillit rater sa station et, une fois chez elle, elle s'installa en indien sur son lit, déboucha la bouteille et consulta la liste des appels reçus sur son téléphone. Le numéro de David était là, en tête de liste, à la narguer, presque comme un défi. Elle prit une gorgée de vin et déposa le téléphone devant elle, sur le lit.

Elle savait qu'elle ne dormirait pas.

DIMANCHE

Quand elle ouvrit les yeux, il était presque midi. Elle avait fini par s'assoupir, tout habillée, pas très longtemps avant que le soleil se lève. Elle passa ses mains sur son visage, regarda autour d'elle. Par terre, à côté du lit, la bouteille était toujours là, ouverte, vidée aux trois quarts. Les mouches à fruit, attirées par l'odeur, s'étaient massées autour du goulot. Il y avait des vêtements sales un peu partout, des livres, de la paperasse, deux ou trois animaux en peluche. Dans un coin de la chambre, un chandail qu'elle avait piqué à Renaud quelques semaines plus tôt et qu'elle ne lui avait pas encore rendu. Juste à côté de sa tête, déposé sur le deuxième oreiller, son téléphone était là, silencieux. Elle alluma l'écran : pas d'appel manqué, pas de messages. Dans la liste des appels reçus, le numéro dans le 418 était toujours le premier.

David devait être rentré chez lui, à cette heure-ci, ou alors sa logeuse avait fini par lui mettre la main dessus, chez une fille, possiblement. Malgré ce que racontait

Victoire Bernier, Clarisse trouvait que ça lui ressemblait pas mal, en fait, de ne pas rentrer souper sans prévenir personne. Mais peut-être qu'il avait changé, qu'il s'était assagi. Elle l'avait connu pendant cette espèce de flottement de son existence, une escale, une parenthèse. Depuis, il était retourné chez lui, il avait poursuivi ses recherches à l'université, et il était peut-être devenu le genre d'homme qu'elle aurait pu présenter à sa mère. Qu'est-ce qu'elle en savait, après tout?

Elle se rendit jusqu'à la cuisine pour se préparer un café, parce qu'il fallait qu'elle fasse quelque chose pour éviter l'anxiété qu'elle sentait grimper sournoisement et lui prendre le ventre, s'entortiller comme une liane autour de sa gorge. Dans sa poche, le rectangle froid et dur la frôlait à chaque mouvement comme un rappel incessant, lancinant. David était là, à portée de voix. Si elle l'appelait, c'était toute sa vie qui pouvait changer. Tout ce qui avait eu lieu depuis son départ, tout ça pourrait être réparé, guéri par cette discussion qu'elle avait eue mille fois avec lui dans sa tête et qu'ils pourraient enfin avoir en vrai. Mais peut-être aussi que rien n'arriverait, peut-être qu'il ne comprendrait pas, qu'il ne voudrait pas lui parler, qu'elle n'aurait pas le courage d'insister.

À cette idée, elle ne pouvait pas empêcher ses ongles de s'enfoncer dans ses paumes, de plus en plus fort, et, dans un effort pour se calmer, elle se força à se détendre, ouvrit les mains, respira profondément. Elle pouvait toujours effacer le numéro de son téléphone, comme elle l'avait déjà fait, presque trois ans plus tôt; elle pourrait faire comme si de rien n'était et poursuivre le cours normal de son existence. Laisser couler la journée, regarder la télé, aller travailler demain. Voir Renaud et ne rien lui raconter, parce qu'il ne le méritait pas. Mais une conviction s'infiltrait en elle, celle que tout cela était important, qu'elle ne pouvait pas passer à côté de cette occasion. Cet appel lui avait ouvert une porte; il fallait qu'elle la franchisse.

Le café se mit à bouillonner dans la cafetière. Lentement, elle éteignit le rond, se versa une tasse pleine, s'assit à table et sortit le téléphone. Elle pourrait continuer l'exercice amorcé pendant la nuit, la liste infinie des pour et des contre, des raisons de l'appeler ou de l'ignorer, mais elle sentait que ses arguments commençaient à se mordre la queue. Elle ne saurait pas tant qu'elle n'aurait pas essayé. Elle rassembla toutes les forces qu'il lui restait et les concentra dans son index, qui appuya sur le numéro.

Pendant que les sonneries se multipliaient, Clarisse eut envie de raccrocher, mais elle ferma les yeux et s'obligea à attendre. Il ne fallait pas reculer, pas maintenant.

Ce fut la logeuse qui répondit, d'une voix rauque qui aurait pu être la sienne, brisée d'angoisse et de fatigue. Clarisse demanda à parler à David, même si elle avait deviné tout de suite : il n'était toujours pas rentré.

Victoire Bernier lui résuma la situation, s'y reprenant par deux fois, bégayant, bredouillant. Il était parti hier matin, sans dire où, mais il n'était pas rentré souper ni coucher, ne répondait pas à son téléphone non plus, et personne au village n'avait eu de ses nouvelles. Elle n'avait pas dormi, et avait signalé sa disparition à la police au lever du soleil. Elle craignait qu'il ait eu un accident, peut-être en forêt.

Clarisse ne sut pas tout de suite quoi répondre. Elle n'avait même pas considéré la possibilité que, quand elle se déciderait enfin à lui téléphoner, il ne serait pas là pour recevoir son appel. Elle avait repoussé ce moment-là tellement souvent, le moment de le chercher, de lui parler; c'était comme si, maintenant qu'elle avait trouvé le courage de le faire, la vie lui renvoyait son absence comme une punition, comme un coup de pied en plein visage. Est-ce qu'elle avait bêtement raté sa chance, tout comme elle avait fini, petite, par pleurer devant le manège arrêté après avoir eu peur toute la journée d'y monter?

Elle demanda à madame Bernier de la tenir au courant, insista, répéta plusieurs fois que c'était important avant de raccrocher. Elle soupira. Il n'y avait rien à faire, maintenant, sinon attendre. Et elle détestait attendre.

***

Elle n'avait pas tenu très longtemps et, après avoir bu son café, fait trois fois le tour de son appartement, ouvert et éteint Netflix, consulté vingt-deux fois sa page Facebook et cherché dix fois un profil au nom de David sans le trouver, elle avait fini par se rendre à l'évidence. Il fallait qu'elle parle à Renaud. Malgré tout, malgré les choses qu'il avait dites et celles qu'elle s'était promises, il était la seule personne qui pouvait véritablement comprendre l'ampleur de ce qui était en train de se passer. Même si elle n'avait pas envie de l'admettre, elle avait encore besoin de lui.

Sans prendre la peine de se changer, elle avait presque couru jusqu'à la galerie et avait débarqué dans le bureau sans saluer l'employée qui s'ennuyait à l'entrée. Renaud était au téléphone, le nez plongé dans son agenda.

Elle se planta devant son bureau et cogna trois coups. Il sursauta, lui fit signe de patienter, elle secoua la tête. Il fronça les sourcils, l'air agacé, et mit fin à sa conversation.

« Ça pouvait pas attendre deux minutes?
– Non. C'est David. Il est disparu depuis vingt-quatre heures. »

Renaud plissa les yeux, comme incrédule. Clarisse lui résuma la situation, l'appel de la veille, celui de cet après-midi, la logeuse, la police, les spéculations. Il hocha la tête lentement, demanda ce qu'elle allait faire.

« Rien. Qu'est-ce que tu veux que je fasse? »

Il sembla hésiter une seconde.

« C'est loin?
– À six ou sept heures d'ici. Près de Rimouski.
– Tu devrais y aller.
– Pour faire quoi? »

Renaud hésita encore une fois. Clarisse sentit qu'il pesait ses mots, qu'il voulait éviter une nouvelle explosion, un autre incident diplomatique entre eux.

« Je pense que t'as besoin de régler tes affaires avec lui. Ça te chicote depuis l'accident, de toute façon. Profites-en. »

Elle lui demanda comment il comptait se débrouiller tout seul à la galerie et il retint un éclat de rire. Un sourire en coin, il lui répondit de ne pas s'en faire, que, de toute façon, elle n'était pas particulièrement indispensable ces temps-ci. Clarisse dut faire un effort conscient pour ne pas se sentir insultée par sa réponse. Elle savait qu'elle n'avait pas été spécialement vaillante dans les derniers mois, qu'elle avait parfois été un poids, un fardeau que Renaud avait traîné derrière lui sans protester, mais sa façon de prendre ce ton paternaliste avec elle l'agaçait. C'était une recommandation, un ordre, même, plus qu'un simple avis qu'il lui donnait, et elle avait l'impression que c'était comme ça depuis toujours, mais tout particulièrement depuis qu'ils avaient ouvert la galerie ensemble, deux ans et demi plus tôt. Sur papier, l'entreprise était à lui, et même s'il avait toujours juré que ça ne changeait rien, que ce n'était qu'une question de chiffres et de formulaires, Clarisse était convaincue qu'il se considérait secrètement comme son patron. Si elle avait eu de l'argent au moment de lancer la compagnie, ça aurait été différent, elle en était persuadée. Mais à l'époque, elle finissait tout juste sa maîtrise, se cherchait du travail, et elle n'avait pas, comme Renaud, de riches grands-parents desquels hériter pour se permettre d'investir dans un domaine aussi peu lucratif que les arts visuels. En lui offrant la codirection de la galerie, Renaud lui avait fait une fleur, elle le savait, et il le savait aussi. Quoi qu'ils fassent, leur relation porterait toujours la marque de ce déséquilibre.

Elle répondit qu'elle allait y penser, un peu sèchement, peut-être, et ressortit du bureau comme elle était entrée, sans le saluer. Mais dès qu'elle mit les pieds sur le trottoir, elle sut au fond d'elle qu'il avait raison. Il fallait qu'elle parle à David, c'était devenu inévitable, et elle était complètement terrifiée à l'idée d'avoir raté pour toujours sa chance de le faire, et plus encore à l'idée que ça soit de sa propre faute. Si elle l'avait appelé plus tôt, si elle lui avait tout dit quand il en était encore temps, rien de tout cela, sans doute, ne serait arrivé. Même si jamais elle n'aurait osé former d'elle-même le plan un peu absurde de partir là-bas, il semblait que c'était la seule voie possible. Elle ne pourrait pas supporter d'attendre chez elle, si loin, que quelque chose se produise, et elle n'avait rien de mieux à faire à Montréal, sinon continuer de s'enfoncer sans fin dans le labyrinthe où elle était prise depuis des mois.

Elle s'assit sur le pas de la porte à l'entrée de la galerie et chercha sur son téléphone les horaires d'autobus d'Orléans Express.

Si elle faisait vite, elle pourrait être à Sainte-Catherine-sur-Mer avant minuit.

***

En chemin vers son appartement, elle avait rappelé madame Bernier, qui avait paru un peu surprise, mais lui avait dit qu'il y avait une chambre libre dans la pension et qu'elle pouvait arriver quand elle le voulait. Elle avait acheté un billet d'autobus, fait ses bagages à toute vitesse, attendu l'interminable quarante-cinq minutes à la porte d'embarquement de la gare pour être certaine d'avoir une place, et ça y était. Elle était installée dans le bus. Le trajet serait long, pénible, même, mais elle serait là-bas en fin de soirée. Elle se cala dans son siège en regardant défiler la ville par les immenses fenêtres et, une fois sur le pont, elle prit une photo du fleuve qu'elle envoya à Renaud.

J'y vais
Je te tiendrai au courant

Elle aurait dû l'appeler, organiser son absence avec lui. Il serait contrarié, sans doute, mais ça ne faisait rien. Elle ne se sentait pas l'énergie de le gérer, et puis son esprit était déjà ailleurs, parti rejoindre David, un David blessé, peut-être, qui était pris dans la carcasse de sa voiture au bord d'une route perdue, ou alors seul au fond de la forêt, et qui avait mal, et froid, et peur.

Elle frissonna en pensant qu'elle ne le reverrait peut-être qu'à l'hôpital, brisé, meurtri, son corps pansé de partout. La dernière fois qu'elle l'avait vu, c'était la veille de son départ dans un autobus comme celui-là, vers la même destination. Lui aussi, il lui avait envoyé une photo du fleuve prise à travers la structure du pont Jacques-Cartier. C'était les dernières nouvelles qu'elle avait eues de lui.

David avait acheté deux billets d'autobus, cette fois-là, deux allers simples. Un pour lui, et un pour elle. Quand il les lui avait tendus, la veille du départ, elle n'avait pas compris tout de suite. Depuis le début, c'était prévu : à la fin d'août, il retournait chez lui, il allait poursuivre ses recherches en biologie marine à des heures de Montréal, et c'était parfait comme ça, elle ne voulait pas de relation sérieuse, ils devaient seulement profiter de l'été, s'amuser, se faire plaisir et tout arrêter l'automne venu. Mais ce qui avait commencé innocemment, comme une aventure passagère, avait mûri au soleil et s'était transformé en une passion trop grande pour eux, que Clarisse ne savait plus comment dompter. Et au moment de plier bagage, David avait paniqué et il avait acheté un deuxième billet, pour qu'elle parte avec lui et vienne vivre là-bas, au bord du fleuve et de ses poissons, pour l'année et peut-être pour toujours.

Le billet dans les mains, elle avait baissé les yeux, hésité; il y avait Renaud, le projet de galerie, son atelier, ses toiles, et David avait explosé. Il avait crié qu'elle était égoïste, qu'au fond son travail passerait toujours en premier et qu'elle se foutait de lui, qu'elle préférait Renaud et ses projets, et puis qu'elle ne laissait personne l'aimer et ne pourrait jamais vraiment aimer personne, qu'elle serait seule et malheureuse toute sa vie, et d'autres choses encore qu'elle s'était efforcée d'oublier depuis. Il l'avait jetée hors de chez lui avec ses affaires à une heure du matin, après des heures de cris et de vaisselle cassée sur les murs du meublé, qu'il avait quitté le lendemain.

En sortant de chez lui, elle avait pris son téléphone et effacé la fiche de contact à son nom, puis elle était rentrée se coucher. Elle était à la fois blessée et hors d'elle, mais elle savait aussi que, si elle ne faisait pas immédiatement disparaître les traces de leur histoire, elle serait tentée de s'accrocher à lui, de lui écrire, de l'appeler, et que ça ne pourrait lui faire que du mal. Quand elle avait reçu la photo, le lendemain, elle l'avait supprimée sans répondre, et il n'avait pas insisté.

Quelques semaines plus tard, dans les toilettes de son atelier, avec le test de grossesse sur le bord du lavabo, elle avait repensé à cette soirée-là, mais aussi aux mois qui l'avaient précédée, à ces jours et ces nuits où la vie avec David lui avait semblé trop belle pour être vraie, et elle s'était dit qu'elle aurait peut-être dû attendre un peu avant de le supprimer de ses contacts. Et pourtant, elle n'avait pas cherché à le retrouver. Si elle avait vraiment voulu le faire, elle aurait pu : en fouillant un peu le site web de l'Université, elle aurait pu trouver le groupe de recherche avec lequel il travaillait, et elle aurait pu au moins lui écrire, lui annoncer qu'il aurait une fille – mais, même si elle y avait pensé souvent, elle n'avait jamais essayé. Parce qu'elle lui en voulait, d'abord, puis parce qu'elle avait eu peur, peur de sa réaction, peur que la violence de la passion les écrase à nouveau et fasse d'eux d'abominables parents, peur aussi de se laisser étouffer par sa jalousie. Elle avait quand même gardé l'enfant comme on garde un souvenir, elle avait anéanti cette histoire avortée pour n'en conserver que le fruit, pour elle toute seule.

Et aujourd'hui, si Clarisse descendait le fleuve vers lui pour raccommoder les liens brisés, ce n'était ni grâce à elle ni grâce à lui, c'était à cause du hasard, ce même hasard qui les avait poussés l'un vers l'autre il y avait bientôt trois ans. Elle espérait que, même après tout ce temps, il n'était pas trop tard pour réparer le mal qui avait été fait, pour sauver leurs vies, mais elle ne savait pas encore ce qu'elle trouverait là-bas, dans ce village isolé du Bas-du-Fleuve, et elle avait appris à ne plus faire aveuglément confiance à ce que l'avenir lui réservait.

***

Elle fut la seule à descendre de l'autobus à Sainte-Catherine-sur-Mer. Quand elle mit le pied à l'extérieur, c'est l'odeur qui la frappa tout de suite, l'odeur du fleuve, puissante, enveloppante, un mélange de sel, d'algues et de quelque chose d'indéfinissable qu'elle n'avait jamais senti à Montréal. Et puis, elle remarqua le vide, même dans la noirceur à peine percée par un seul lampadaire. Le stationnement désert, l'orée de la forêt, le fleuve, la route. Le silence.

Il n'y avait qu'une seule personne à l'arrêt d'autobus : madame Bernier était venue la chercher. En s'avançant vers elle, Clarisse sentit un mélange de soulagement et d'appréhension. Elle avait eu besoin de quitter la ville, elle le comprenait, maintenant, mais elle n'avait pas de plan pour la suite des choses, seulement l'espoir que David serait retrouvé sain et sauf et qu'elle pourrait lui parler, enfin.

La logeuse l'accueillit en la serrant dans ses bras, puis mit sa valise dans le coffre. C'était une petite femme énergique. Clarisse devinait qu'elle était bouleversée, mais qu'elle n'en laisserait rien paraître devant elle, et qu'elle serait capable de continuer à gérer ses affaires au travers de la pire des catastrophes. Dès qu'elles furent toutes les deux assises dans la voiture, Victoire Bernier se mit à parler, comme pour éviter que le moindre silence n'arrive à s'installer. Elle commença par décrire Sainte-Catherine, un village d'à peine huit cents habitants où tout le monde se connaissait, puis énuméra ses pensionnaires actuels, commentant leur existence et leur caractère. Il y avait Cécile, veuve et retraitée, qui avait tenu toute sa vie un emporium au centre du village; ses enfants ne venaient jamais la voir et, selon madame Bernier, la pauvre aurait sombré depuis longtemps dans la dépression si elle ne l'avait pas convaincue de venir s'installer à la pension. Alain, vieux garçon de quarante-trois ans, travaillait comme préposé aux bénéficiaires et était pris d'une timidité maladive avec les femmes de son âge; il n'arrivait à se comporter normalement qu'avec celles qui auraient pu être sa mère, probablement parce que celle-ci l'avait trop couvé. Joël, enfin, était en arrêt de travail depuis qu'il avait perdu sa femme et son fils dans l'incendie de leur maison.

« Vous allez voir, il faut faire attention à lui, il est encore un peu fragile. Il avait oublié de changer la pile du détecteur de fumée… »

Clarisse haussa les sourcils, ouvrit la bouche pour répondre puis la referma, interloquée. Madame Bernier lui balançait comme ça, mine de rien, des informations gênantes sur des gens qu'elle ne connaissait pas encore, et elle terminait sa litanie par une tragédie sans nom, comme si ce n'était qu'un détail négligeable. Quel genre de personne faisait une chose pareille? Elle se demanda ce que la logeuse aurait eu à dire à propos de David, quels secrets elle aurait pu lui révéler sur le ton anodin qu'elle avait pris pour parler des autres, mais elle n'osait pas l'interroger. Elle se contenta de regarder dehors et de laisser madame Bernier disserter sur la vie conjugale de ses voisins qui, semblait-il, avaient tendance à s'engueuler en public.

Il était presque minuit quand elles arrivèrent, et les pensionnaires étaient déjà couchés. En suivant madame Bernier à travers le rez-de-chaussée jusqu'à l'escalier qui menait à l'étage, Clarisse remarqua la table de la cuisine, déjà mise pour le déjeuner du lendemain.

Sur la pointe des pieds, madame Bernier l'entraîna jusqu'à la chambre libre. Elles passèrent devant une porte entrouverte qui donnait sur une pièce en désordre, un désordre qui, même dans l'obscurité, parut familier à Clarisse. Madame Bernier y jeta un bref regard et laissa échapper le début d'un soupir avant d'ouvrir la porte de la chambre voisine. Clarisse la remercia en chuchotant et posa son sac par terre, alluma la lumière. Il y avait, comme à l'hôtel, des serviettes propres sur une chaise au pied du lit, une commode pour y ranger ses affaires et un petit bureau de travail adossé au mur. Comme ce qu'elle avait vu du reste de la pension, la pièce portait les marques d'une époque révolue, une époque qui lui rappelait quelque chose de l'enfance et des séjours chez sa grand-mère, avec la même propreté. Pas de poussière sur les meubles ni sous le lit, une fenêtre sans la moindre trace de doigts, un plancher sans taches ni miettes de biscuits. Clarisse enleva son manteau alors que madame Bernier, dans l'embrasure de la porte, s'attardait, semblant se chercher une raison pour rester, s'assurait pour la troisième fois qu'elle ne manquerait de rien, que tout était comme il faut. Quand enfin il parut évident que sa présence ne pouvait pas se justifier plus longtemps, elle s'approcha de Clarisse en parlant tout bas.

« Ils ont trouvé sa voiture cet après-midi, à l'entrée du bois. Ils vont continuer la battue demain. La police va sûrement vouloir vous parler, ils ont interrogé tout le monde… »

Clarisse hocha la tête, lui dit que ça allait, qu'elle parlerait aux policiers quand ils le voudraient. Elle n'aurait pas grand-chose à leur apprendre, de toute façon.

« Vous allez être correcte, là? Bon, je vous laisse tranquille. Le déjeuner est servi jusqu'à huit heures et demie, en bas. »

Clarisse referma la porte de la chambre, s'assit au bout du lit et se massa les tempes. Elle pensa à la chambre d'à côté, qui ne pouvait être que celle de David. Elle se demanda si la police l'avait fouillée. Sans doute, pour découvrir où il était parti, s'il avait fait des plans, laissé des traces. Mais ils n'avaient rien trouvé, visiblement, sinon madame Bernier n'aurait pas manqué de lui en parler pendant d'interminables minutes.

Elle ne pourrait pas dormir en sachant qu'à quelques centimètres d'elle à peine, de l'autre côté du mur, se trouvaient toutes ces choses qui lui appartenaient, ses vêtements, ses livres, toutes les traces de sa vie sans elle. Elle n'avait qu'à attendre que madame Bernier soit enfin couchée pour sortir dans le couloir tout doucement et entrer dans la chambre de David, et personne n'en saurait rien.

Elle se redressa, comme revigorée par cette idée, ouvrit sa porte, passa la tête dans la noirceur du corridor et tendit l'oreille. Des bruits d'eau provenaient du rez-de-chaussée, les toilettes, le lavabo, des pas, et puis plus rien. Après avoir compté jusqu'à trente en silence, Clarisse glissa lentement ses pieds sur le bois verni jusqu'à la pièce d'à côté, entra, referma la porte derrière elle et alluma la lampe de poche sur son téléphone, pour ne pas attirer l'attention. Après avoir promené le faisceau lumineux de tous les côtés, elle se trouva ridicule et alluma le plafonnier.

La chambre était exactement comme la sienne, le même lit, la commode, mais les murs étaient couverts d'images, le bureau était parsemé de paperasse et de dossiers et les tiroirs, pleins, sans doute, de chandails et de pantalons qui avaient l'odeur de David. Clarisse s'approcha du bureau et parcourut les papiers. Des notes de recherches, des revues et des copies d'étudiants. Elle ouvrit un tiroir, qui fit plus de bruit qu'elle l'avait imaginé, et il lui sembla entendre craquer le plancher à l'extérieur de la chambre. Elle figea un instant, mais il n'y avait rien, que le son d'une branche, dehors, qui cognait contre la maison. Elle ramassa un carnet dans le tiroir, un carnet noir pareil à ceux que David avait toujours dans les poches à l'époque, et dans lesquels elle dessinait dès qu'il avait le dos tourné, et elle éteignit. Ça suffirait pour l'instant.

Avant de sortir, elle colla son oreille à la porte, mais n'entendit que son propre souffle. Elle retourna dans sa chambre à toute vitesse, le cœur battant un peu plus fort que la normale, et referma la porte derrière elle.

Sur son lit, Clarisse retourna le carnet dans ses mains avant d'oser l'ouvrir. Il lui semblait que c'était là la première étape de sa quête pour comprendre ce que David était devenu aujourd'hui, et même si elle avait quelques scrupules à fouiller dans ses affaires, elle arriva facilement à se convaincre que, de toute façon, la police avait dû le lire avant elle et que, dans les circonstances, le respect de son intimité n'avait plus aucun sens.

Elle ouvrit au hasard et, en feuilletant, tomba sur une page datée au stylo : le 23 mai. La date de naissance de leur fille. Dessous, rien d'intéressant, une liste de choses à faire, des papiers à remplir, des coups de fil à passer.

Elle ne savait pas ce qu'elle aurait espéré trouver, mais elle était étrangement déçue. Elle referma le carnet, le mit sous son oreiller.

Elle n'avait pas envie de dormir, mais sentait son élan brisé. Après avoir débattu avec elle-même une minute, elle appela Renaud, qui, elle en était sûre, ne dormait pas encore. Il y avait un bruit de fond quand il répondit, il était dans un bar, peut-être, ou dans une fête.

« C'est moi. Je suis arrivée.
– T'aurais pu m'appeler avant. »

Il était irrité. Elle s'y était attendue. Elle s'excusa, il avait raison, mais il avait fallu qu'elle parte. Elle lui parla de la voiture retrouvée, de madame Bernier et de ses commérages, du carnet. Il n'y avait pas grand-chose à raconter, mais ça lui faisait du bien de savoir qu'il l'écoutait.

Elle le renvoya à sa soirée et, puisqu'il n'y avait rien d'autre à faire, se déshabilla et s'étendit dans les draps frais lavés à motifs de fleurs. Et comme tous les soirs, elle pensa à sa fille, dont la chaleur lui manquait toujours avant de s'endormir.

LUNDI

Elle avait réglé une alarme avant de s'endormir pour ne pas rater le déjeuner. Même si elle détestait profondément se lever tôt, elle savait trop bien qu'elle ne pourrait pas affronter la journée sans café.

Quand l'alarme avait sonné, elle avait quand même gardé les yeux fermés le plus longtemps possible avant de s'extirper du lit. Il fallait s'habiller, sortir de la chambre, descendre à la cuisine, dire bonjour à madame Bernier, rencontrer les autres pensionnaires. Elle aurait préféré se rouler en boule dans les couvertures jusqu'à ce qu'on lui annonce que David était retrouvé. L'espoir qu'il y aurait du nouveau la poussa malgré tout à se redresser. En s'assoyant sur le bord du lit, elle repensa au carnet, qui était toujours sous son oreiller. Plus tard, après avoir mangé, elle le lirait jusqu'au bout.

Dans le couloir, elle entendit le bruit d'un rasoir dans la salle de bain, et elle pensa à la galerie qui n'ouvrait pas avant dix heures et à Renaud qui, probablement, dormait encore.

En bas, la table était remplie de confitures, de gelées et de beurres de toutes sortes, de muffins, de jus et de sucre pour le café. Clarisse sentit son estomac se contracter. Elle ne savait pas si elle arriverait à manger. Autour de la table, un homme et une femme étaient assis. Cécile et Joël, probablement. Ils levèrent les yeux vers Clarisse quand elle entra, firent un signe de tête pour la saluer et retournèrent à leur déjeuner, en silence. Madame Bernier avait dû les prévenir. Elle allait et venait autour d'eux, justement, son tablier sur le dos, avec l'air jovial de quelqu'un qui était levé depuis des heures.

« Bonjour! Qu'est-ce qu'on vous sert pour déjeuner? Pain, œufs, gruau, céréales? »

Clarisse demanda un café et une toast, ce serait bien assez. Dans la cuisine, la radio jouait du classique et madame Bernier fredonnait. On aurait pu croire que c'était un matin parfaitement normal, que David allait descendre déjeuner d'un instant à l'autre et que la vie de la pension n'était pas suspendue à la suite de la disparition d'un de ses membres. Clarisse eut envie d'y croire, ne serait-ce qu'un instant. Ce serait plus facile.

En attendant son déjeuner, elle observa les pensionnaires. Cécile avait l'air d'une grand-mère, les cheveux blancs, le visage ridé, plus âgée que madame Bernier. Retraitée depuis plusieurs années, sans doute. Joël était beaucoup plus jeune, à peine plus vieux qu'elle. La mitrentaine, environ. Ça devait être une drôle d'existence que de vivre ainsi avec des étrangers, des gens de tous les âges, venant d'un peu partout. David devait adorer ça, les observer, les écouter, les contredire pour le plaisir. Il avait toujours aimé foutre le bordel.

Elle songea que, pour qu'ils atterrissent ici, vivant ensemble, avec leurs petites chambres respectives comme seul espace intime, il avait fallu que, à un moment donné, leur vie ait pris un tournant fâcheux, qu'ils aient manqué d'argent, pris de mauvaises décisions. Et David, quelle mauvaise décision avait-il prise pour aboutir ici plutôt qu'en ville près de l'Université, seul dans un appartement, ou alors avec des amis, des collègues?

Un autre homme apparut comme madame Bernier revenait avec son café; la quarantaine, frais rasé, en uniforme. Alain. Il la regarda d'un air surpris, figea un instant, puis lui tendit la main en la saluant, le corps raide. Sa voix était rauque, comme étranglée.

Clarisse lui serra la main et se présenta, dit rapidement qu'elle était une amie de David. Ça paraissait absurde qu'elle ait fait tout le chemin depuis Montréal parce qu'il était porté disparu, elle s'en rendait bien compte, alors elle prétexta qu'elle avait à faire dans le coin de toute façon. Elle n'avait pas envie de tout leur expliquer.

Alain hocha la tête, les trois pensionnaires échangèrent des regards et le silence retomba sur la tablée.

Elle ne savait pas depuis combien de temps exactement David vivait ici, et il était difficile d'évaluer à quel point la vie des pensionnaires était bouleversée par sa disparition, mais ces gens habitaient avec lui, malgré tout, ils savaient, mieux qu'elle, sans aucun doute, ce qu'il mangeait pour déjeuner, s'il lisait le journal, ce qu'il faisait le soir en rentrant du travail. Ils avaient peut-être passé des soirées ensemble, fraternisé, bu un coup. Elle avait l'impression, pendant qu'ils la regardaient tous à la dérobée, qu'ils devinaient qu'elle n'était pas à sa place, qu'elle était arrivée à la pension en imposteur. Ou alors, peut-être que David leur avait parlé d'elle et qu'ils en savaient beaucoup plus sur leur relation qu'elle ne l'imaginait. Dans un cas comme dans l'autre, elle sentait qu'elle brisait leur équilibre habituel, qu'ils se retenaient de parler devant elle, et elle eut l'envie soudaine et pressante d'être ailleurs.

Elle sortit son téléphone pour se donner une contenance et, au même moment, madame Bernier vint s'asseoir à côté d'elle, lui mit la main sur le poignet.

« Je suis désolée, on a une règle dans la maison… Pas d'appareils électroniques à table. On mange ensemble, ici, comme une famille. »

Clarisse la regarda, incrédule, et regarda les pensionnaires, qui continuaient de mastiquer consciencieusement en baissant les yeux sur leur déjeuner. Appareils électroniques ou non, personne ne disait un traître mot, et ils auraient bien pu manger chacun dans leur chambre que ça n'aurait rien changé. Et puis, ils n'étaient pas à l'école, quand même. Irritée, elle s'apprêtait à ranger le téléphone dans sa poche quand madame Bernier se pencha sur l'écran, qui était encore allumé, et laissa échapper un son attendri devant la photo.

« C'est la vôtre? »

Clarisse serra la mâchoire. Visiblement, elle ne s'en sortirait pas.

« Ma fille, oui.
– Elle a quel âge?
– Presque deux ans.
– Et elle s'appelle comment?
– Lavinia.
– Comment? »

Clarisse retint un soupir, répéta le prénom. Elle était habituée. Elle ne savait pas trop pourquoi elle l'avait appelée Lavinia. Elle aimait le son de ce nom à ses oreilles, la symétrie de ses voyelles et les consonnes qui coulaient sur sa langue, mais elle se retrouvait à épeler le nom de sa fille à tous les gens qui posaient la question, et ça devenait franchement agaçant.

« Vous auriez dû l'emmener avec vous…
– Elle est restée à Montréal avec son papa. »

C'était faux, évidemment, mais elle n'allait quand même pas lui dire, là, comme ça, devant tous les pensionnaires, que Lavinia était la fille de David. Or, la petite ressemblait à son père, elle lui ressemblait même beaucoup plus qu'à

Clarisse, et elle craignit un instant de se faire démasquer par la logeuse qui insistait pour voir la photo de plus près. Pour écarter cette possibilité, elle lui montra une photo de Lavinia avec Renaud, en souriant à l'avance de sa réaction à lui quand elle le lui raconterait. Ça ne l'amuserait pas du tout, elle en était certaine.

Madame Bernier poursuivit son interrogatoire, demanda ce qu'elle faisait dans la vie, et Clarisse mentionna la galerie, la peinture, l'illustration. À vrai dire, elle n'avait pas travaillé comme illustratrice depuis la fin de sa grossesse, mais elle ressentait toujours le besoin de le mentionner, comme si elle avait l'impression que ça la définissait plus que son travail à la galerie, qui était surtout un travail de gestionnaire. Cécile, de l'autre côté de la table, sourit.

« J'aime beaucoup la peinture. Ça vendait bien, au magasin, surtout les paysages de la région. »

Clarisse imaginait très bien de quel genre de peinture il s'agissait. Elle avait toujours considéré ces toiles bêtement figuratives comme un passe-temps de retraité, ou alors comme une activité alimentaire pour des artistes locaux qui n'auraient jamais eu le talent nécessaire pour mener une carrière artistique en ville. Mais elle sourit et hocha poliment la tête.

Elle réalisa à ce moment-là que Joël l'observait avec un drôle d'air, de l'autre côté de la table. Elle lui fit un sourire embarrassé et se dépêcha de terminer son café.

Elle s'apprêtait à ramasser sa vaisselle quand madame Bernier l'arrêta.

« Laissez faire ça, c'est mon travail. Vous pouvez monter, la police va pas tarder. »

Clarisse sentit son corps se crisper. Elle avait oublié la police.

***

Clarisse alla s'enfermer dans sa chambre et se dépêcha, avant que la police vienne lui poser des questions auxquelles elle n'aurait pas de réponse, de s'asseoir sur le lit avec le carnet noir de David. Elle se disait que, même si les policiers l'avaient sûrement lu, eux aussi, il y avait peut-être quelque chose qu'ils avaient raté, quelque chose qu'elle seule pourrait comprendre. Elle entreprit de lire toutes les pages, une à une.

Dans l'ensemble, c'était périssant d'ennui, mais il lui semblait quand même qu'entre les notes de recherche, les petits dessins de poissons, les listes de choses à faire, les colonnes de dépenses, elle reconnaissait le David qu'elle avait connu, ses obsessions, ses idées de grandeur, son tempérament si étrangement inflexible. Peut-être parce que son esprit était constamment en proie au chaos, David aimait les listes, il aimait l'ordre, il avait ses routines précises que Clarisse, pendant les semaines où elle avait traversé sa vie, s'était évertuée à brouiller, parce que ça l'amusait de le voir s'énerver pour des bêtises. Ça avait commencé quand elle avait rangé le lait dans la porte du frigo, sans y penser, au lieu de le remettre sur la tablette. Il avait ouvert le frigo après elle et il avait complètement figé, sa tasse de café dans une main. Elle avait fini par sortir le lait elle-même, le verser dans la tasse et le raccompagner jusqu'à la table en riant. Et après ça, elle avait fait exprès. Un matin, elle avait changé les choses de place dans sa salle de bain, la brosse à dents à gauche de l'évier, le savon à droite, la petite serviette à main accrochée par dessus les grandes. Elle s'était faufilée dans la douche avant lui pour qu'il se retrouve obligé de déjeuner avant de se laver. Elle avait mis les assiettes dans l'armoire des verres, les couteaux à steak avec les couteaux à beurre, ses pantoufles près de la porte d'entrée et ses chaussures à côté du lit. Ça la faisait mourir de rire de le voir tout remettre à sa place en pestant. Et parfois, aussi, elle laissait des dessins dans son carnet, des billes ou des cailloux dans ses poches de pantalons, mais ça, il ne s'en plaignait jamais.

C'était un peu à cause de tout ça, aussi, qu'elle avait autant attendu avant d'aller vers lui. Elle n'aurait pas voulu être celle qui brisait la fragile construction de son existence. Et pourtant, David était d'une patience infinie avec les enfants, avec leur incohérence, leur turbulence, elle le savait. Il n'aurait pas crié autant qu'elle, toutes ces fois où Lavinia était insupportable et s'évertuait à faire le contraire de ce qu'on lui demandait. Il lui aurait parlé doucement, aurait réussi à la calmer, sans doute, et Clarisse se serait accrochée au son de sa voix, et elle ne se serait pas laissé couler vers les abysses qui menaçaient de l'avaler.

Elle s'en voulait aujourd'hui, elle sentait qu'elle avait gâché cette partie de leur vie à tous les trois. Il n'était peut-être pas trop tard pour retrouver la voix de David, mais les années perdues ne leur seraient pas rendues.

Dans le carnet, certaines notes étaient complètement incompréhensibles, même pour elle. Écrites en langage télégraphique, parsemées de chiffres à l'allure de coordonnées géographiques, on aurait dit des indications pour retrouver un trésor au milieu du fleuve. Il y avait aussi ces équations bizarres de montants et de lettres qui revenaient périodiquement, changeant un peu d'une date à l'autre.

17 novembre : 200 $ X M
23 décembre : 75 $ X S + 100 $ X J
5 février : 50 $ X C + 25 $ X A

D'autres étaient encore plus mystérieuses, intimes, aurait-on dit, et Clarisse, en les lisant, ressentit une sorte de gêne, l'impression que personne, et surtout pas elle, n'aurait dû poser les yeux sur ces mots. Elle s'arrêta à une des pages, sans date, où il n'y avait qu'une phrase orpheline, une citation d'Isak Dinesen : *The cure to anything is salt water – sweat, tears, or the sea.*

Et puis encore des listes, et des notes de recherche, des équations, jusqu'à la dernière des pages utilisées, tout près de la fin du carnet, où Clarisse reconnut un passage d'un poème de Miron qu'elle connaissait par cœur.

Qu'es-tu devenue toi comme hier
moi j'ai noir éclaté dans la tête
j'ai froid dans la main
j'ai l'ennui comme un disque rengaine

Elle imagina les policiers lire les vers et se mettre à chercher la femme. Il y avait forcément une femme pour provoquer ces mots-là, retranscrits de la main de David dans son carnet, à l'encre verte. Pendant un moment, elle eut l'impression qu'il s'adressait à elle, qu'il tentait de lui dire qu'elle lui manquait – mais c'était absurde. Depuis la photo qu'il lui avait envoyée il y avait bientôt trois ans, il avait eu amplement le temps de l'oublier et de refaire sa vie ici, différemment. Il fallait que ce soit pour une autre, qu'elle ne connaissait pas, et elle sentit une inexplicable pointe de jalousie envers cette inconnue pour laquelle David copiait de la poésie dans son cahier comme un adolescent, David qui, à ce qu'elle en savait, ne lisait rien d'autre que des revues scientifiques et des romans policiers. Elle revint en arrière, jusqu'aux premières pages du carnet, qui dataient vraisemblablement du printemps dernier. Il y avait, dans le coin de la troisième page, un numéro de téléphone griffonné sous le nom « Marianne ». Ce n'était pas le seul numéro du carnet, il y en avait d'autres, mais c'était le seul nom de femme. Elle relut les vers une fois de plus et se demanda s'il était en peine d'amour, et si les policiers avaient pensé au suicide. Sûrement. Elle-même n'arrivait pas à y croire, elle n'arrivait pas à imaginer David se tuant par amour ou pour quoi que ce soit d'autre. Mais s'il était parti ce matin-là dans la forêt avec l'intention d'en finir, ce serait un peu de sa faute à elle, parce qu'on ne se tue pas quand on sait qu'on a quelque part une petite fille qui bientôt se mettra à chercher son papa. Si on le retrouvait mort, elle ne se le pardonnerait jamais.

En bas, on sonna à la porte, et Clarisse entendit, dans l'escalier, des pas lourds, ces pas distinctifs qu'elle connaissait et qu'elle haïssait. Elle remit le carnet sous son oreiller et attrapa un livre dans son sac, pour se donner l'air d'être occupée.

***

Elle ne s'était pas trompée; les policiers frappèrent à sa porte quelques instants plus tard. Ils étaient deux. En leur ouvrant, elle sentit son estomac se contracter et les salua en essayant de garder une voix égale. Elle les invita à entrer, leur annonça d'emblée qu'elle n'aurait pas beaucoup à leur apprendre et se rassit sur son lit, ramena ses mains sur ses genoux. Elle leur déclina son identité, sa profession et son adresse, que le plus jeune des deux nota consciencieusement.

« Votre lien avec le disparu? »

Elle leur raconta qu'ils s'étaient connus au début de l'été, presque trois ans plus tôt, quand David travaillait à Montréal. Il était animateur scientifique au Biodôme, et il adorait ça. Elle était souvent allée passer des journées là-bas avec lui, assise dans les gradins devant l'aquarium, à dessiner les poissons de l'écosystème du Saint-Laurent.

Mais ce n'était qu'un emploi temporaire, une place l'attendait dans un groupe de recherche ici, et leur histoire s'était terminée à la fin de l'été. Elle ne savait rien de sa vie à Sainte-Catherine.

Elle aurait pu continuer, leur dire qu'elle avait eu un enfant de lui et qu'il ne l'avait jamais su. Mais elle savait trop bien dans quel foutoir elle risquait de se mettre les pieds si elle s'aventurait dans cette direction. Selon les papiers officiels, Lavinia était née de père inconnu, et il valait mieux s'en tenir à cette version de l'histoire.

« Et pourquoi êtes-vous ici aujourd'hui? »

C'était la question qu'elle redoutait. Elle se dit qu'il valait mieux leur dire la vérité, ou du moins, une partie de la vérité : madame Bernier l'avait appelée deux jours plus tôt, elle avait depuis longtemps espéré retrouver David et elle avait sauté sur l'occasion. Elle s'inquiétait pour lui et avait préféré être sur place en attendant des nouvelles.

Le jeune policier continuait de noter tout ce qu'elle disait. Même si elle savait qu'elle n'avait rien à voir avec la disparition de David, qu'elle n'était coupable de rien, elle ne pouvait pas s'empêcher de surveiller ses paroles, ses gestes, comme chaque fois qu'elle répondait aux questions des douaniers en rentrant au pays, même si elle n'avait pas visité de ferme ni rapporté de drogue dans ses valises. Les deux agents de la SQ avaient cet air impassible qui la rendait folle et qui lui donnait envie de les prendre par les épaules et de les secouer jusqu'à ce qu'ils trahissent une émotion, une pensée.

« Avez-vous une piste? C'est un accident, non? Il s'est peut-être juste perdu?
– C'est l'hypothèse qu'on privilégie, madame, mais tant qu'on n'a pas retrouvé le corps, on ne peut pas vous en dire plus. »

Retrouver le corps. Ils employaient cette expression comme s'ils étaient persuadés que David était mort et qu'il ne restait plus qu'à mettre la main sur son cadavre. Même si elle savait que les chances s'amenuisaient à mesure que le temps avançait, Clarisse ne pouvait pas s'empêcher d'espérer que, peut-être, il s'était égaré, blessé, et qu'il était toujours vivant quelque part, attendant les secours. Si elle arrêtait d'y croire, elle craquerait.

Le policier parcourut ses notes et referma son carnet, se leva et lui souhaita une bonne journée en lui demandant de rester à leur disposition en cas de besoin. Quand ils furent sortis et que Clarisse entendit le bruit des bottes s'éloigner dans l'escalier, elle échappa un soupir de soulagement. C'était fini, pour cette fois, du moins. Et il ne s'était rien passé.

Elle regarda l'heure et se dit qu'il était temps. Il ne lui restait plus qu'une dernière chose désagréable à faire, une dernière obligation qui lui laissait dans la bouche comme un goût de métal. Il fallait prévenir la travailleuse sociale qu'elle ne pourrait pas faire ses visites à Lavinia cette semaine.

***

La travailleuse sociale avait froncé les sourcils et pris des notes, Clarisse l'aurait juré; mais la TS connaissait toute la vérité sur David, et elle avait dit qu'elle comprenait, même si ce n'était pas idéal. C'était le mot qu'elle avait employé, « idéal ». Clarisse avait levé les yeux au ciel. Ça faisait longtemps qu'elle avait cessé d'espérer que les choses soient « idéales ».

Maintenant que cet appel était terminé, qu'elle avait fait son devoir, elle avait peut-être toute une journée à tuer devant elle, dans l'attente, et elle se demandait sérieusement comment elle passerait au travers. Elle ne savait pas ce qui était le pire, l'attente elle-même, ou bien l'ennui. Elle avait l'impression de retrouver l'un de ces matins de congé, le visage noyé dans son café pour se préparer à affronter la journée et l'ennui des jeux de Lavinia, qui lui donnait des consignes incohérentes et autoritaires et qui voulait toujours qu'elle répète les mêmes gestes, les mêmes mots, encore et encore, alors qu'ils avaient depuis longtemps perdu tout intérêt pour Clarisse, qui se mettait alors à penser à ce qu'il y avait à faire dans la maison, ou aux messages auxquels il fallait répondre, ou à la prochaine exposition, et qui se mettait à soupirer devant ces animaux qu'il fallait nourrir une douzième fois ou ces blocs à empiler seulement pour que Lavinia puisse détruire la tour. Pour échapper à cet état vaseux qui l'étouffait, elle essayait de changer le cours du jeu, de sortir un livre à lire ou un casse-tête à faire, et pendant un moment, ça fonctionnait, et elle se disait qu'elle n'aurait pas voulu être ailleurs qu'avec sa fille à ce moment précis; mais rapidement, le livre était fini, le casse-tête était terminé, et la répétition reprenait, et elle n'avait plus d'autre choix que de prétexter une envie d'aller aux toilettes. Même là, Lavinia la suivait, mais elle avait quand même l'impression d'avoir repris le dessus. Et puis ça recommençait, infiniment, jusqu'à l'heure des repas ou du bain, où c'était un autre genre de lutte qui s'amorçait, la lutte pour que Lavinia se laisse nourrir ou laver sans trop de cris ni de larmes.

Elle tira de son sac la bouteille de Jameson qu'elle avait apportée, en cas d'urgence, et en avala une grosse gorgée, pour se donner du courage. Puis, elle sortit de sa chambre sans autre objectif que de trouver quelque chose à faire, quelque part dans la pension, et vit que la porte de la chambre d'en face était ouverte; assis sur le lit, Joël n'avait pas l'air lui non plus de savoir quoi faire de son corps, le dos rond, les yeux fixant le vide devant lui.

Clarisse traversa le couloir et cogna sur le cadre de la porte. Il sursauta et leva la tête vers elle, surpris. Elle lui tendit la main.

« On ne s'est pas vraiment présentés, je pense. »

Il se leva et prit sa main, la serra sans grande conviction.

« Joël.
– Oui, je sais. »

Il eut l'air surpris, puis esquissa un sourire.

« J'imagine que madame Bernier t'a déjà raconté ma vie au complet. »

Clarisse sourit elle aussi.

« Un peu, oui. »

Elle remarqua une photo, sur la commode.

« C'est ton fils?
– Oui. »

Un nouveau silence, inconfortable.

« Il avait quel âge?
– Trois ans. Il aurait eu quatre ans la semaine passée.
– Je suis désolée… »

Joël fit un petit sourire dépité.

« C'est pas de ta faute. »

Il regarda ses pieds, puis le mur.

« C'est plus de la mienne, en fait. »

Et il haussa les épaules, comme s'il s'était fait à l'idée, comme s'il avait accepté le fait qu'il avait causé la mort de ceux qu'il aimait le plus au monde et que ce n'était pas plus grave que ça. Clarisse eut envie de lui répondre, mais elle savait qu'elle aurait beau lui répéter que l'incendie était un accident et qu'il n'aurait pas pu le prévoir, elle n'arriverait jamais à atteindre l'endroit précis, sombre et profondément enfoui, d'où naissait la culpabilité. Elle le savait, parce qu'elle avait déjà essayé. Elle s'était répété des centaines, des milliers de fois que ce n'était pas de sa faute à elle si Lavinia était montée sur la table; pas de sa faute si elle ne l'avait pas vue faire parce qu'elle était en train de se sortir une bière du frigo, une toute petite bière pour essayer de souffler après avoir passé la journée à gérer les crises de sa fille; pas de sa faute si, au moment où elle avait crié pour qu'elle descende, Lavinia avait perdu l'équilibre et était allée se fracasser les os sur la céramique. Ça ne faisait rien. Elle était toujours convaincue, au plus profond d'elle-même, que l'accident, comme tout ce qui l'avait suivi, était entièrement, complètement, indubitablement de sa faute. Elle aussi, elle était coupable, et elle le savait.

« Comment il s'appelait, ton garçon?
– Colin. »

Il avait l'air soulagé, comme s'il avait attendu depuis longtemps l'occasion de le nommer, et que les occasions s'étaient présentées de moins en moins souvent.

« C'est un beau nom.
– C'était l'idée de ma femme. Et toi, Lavinia, où t'as pêché ça? Dans George Sand ou dans Shakespeare? »

Clarisse ouvrit la bouche, surprise, et il éclata de rire. Il était la première personne à lui poser cette question, alors que tous les autres se contentaient de buter sur le prénom comme s'il était si compliqué qu'on ne pouvait pas le prononcer du premier coup. C'était Shakespeare; elle avait toujours eu un faible pour ses héroïnes meurtries, même si elle avait parfois l'impression d'avoir promis sa fille au malheur par le seul pouvoir de son prénom.

C'était le genre d'histoire qui arrivait plus souvent qu'on ne le pensait, qui passait inaperçue, et le hasard avait fait que ça lui était tombé dessus, à elle. Il y avait eu cet instant où elle avait relâché sa vigilance, puis le médecin, à l'hôpital, qui avait soupçonné de la maltraitance. C'était le bras, disait-il, la manière dont le bras de Lavinia s'était cassé ne correspondait pas à l'histoire de chute qu'elle lui racontait. Il avait demandé d'autres tests, et il les avait empêchées de quitter l'hôpital une fois le plâtre posé. Clarisse avait été interrogée, scrutée à la loupe, Lavinia avait été inspectée de tous les côtés, et le médecin avait tenu mordicus à sa version des faits. L'affaire s'était emballée et, au tribunal, le juge avait écouté la recommandation de la DPJ de retirer l'autorité parentale. Clarisse n'avait pas de famille à qui confier la petite, ses parents vivaient en Floride depuis la retraite de son père et elle était enfant unique. Lavinia était alors partie en famille d'accueil, et Clarisse ne pouvait plus la visiter que deux fois par semaine, deux heures par rencontre, jamais seule. Elle avait d'abord cru que tout rentrerait dans l'ordre très vite, que tout le monde se rendrait compte que tout cela n'était qu'une grossière erreur. Elle avait été distraite, elle était épuisée, c'était vrai, mais elle n'avait jamais fait de mal à sa fille, pas consciemment, et on n'enlève pas un enfant à sa mère parce qu'elle est fatiguée. Mais ça ferait bientôt cinq mois, et elle voyait bien que non, personne ne se rendait compte de rien, que c'était à elle d'en faire la preuve. Il fallait obtenir une contre-expertise, trouver un médecin prêt à contredire celui de Sainte-Justine. Et il fallait le payer de sa poche.

C'était pour ça qu'elle était à Sainte-Catherine-sur-Mer aujourd'hui, parce qu'il fallait qu'elle parle à David, parce qu'elle espérait que lui, peut-être, pourrait venir à bout de ce cauchemar qui drainait toute son énergie. Et elle craignait terriblement d'être arrivée trop tard, d'avoir tergiversé trop longtemps, obstinée comme elle l'était à trouver seule le bout de son tunnel.

Joël s'était remis à regarder ses pieds, et elle ne savait plus quoi dire pour briser l'épaisseur du silence. Elle hésita. Elle était allée vers lui sans réfléchir, un peu par politesse, et un peu par désœuvrement, aussi, mais elle ne se sentait pas la force de porter le fardeau de la conversation à elle seule. Elle fit enfin un mouvement vers la porte.

« Excuse-moi. J'ai un appel à faire. »

Il hocha la tête sans lever les yeux. Elle recula lentement jusqu'au couloir, puis, quand elle fut certaine d'être hors de sa vue, dévala l'escalier en poussant un soupir soulagé.

***

Il n'y avait pas d'appel à faire. Elle avait seulement eu besoin de prendre l'air, et elle était sortie sur le trottoir sans trop savoir où aller.

Juste en face de la pension, de l'autre côté de la rue principale, il y avait le fleuve. Clarisse se dit que c'était ce que David devait aimer ici, chez madame Bernier. Il pouvait le voir de sa chambre, et dès qu'il mettait les pieds hors de chez lui, le fleuve était là tout entier, immense, majestueux. En refermant derrière elle la porte de la maison, Clarisse sentit l'air salin l'atteindre en pleine poitrine et elle eut envie d'aller marcher sur la grève.

Le printemps était moins avancé ici qu'à Montréal, et elle regretta de ne pas avoir emporté sa tuque. Elle traversa la route, enjamba le garde-fou et se trouva sur une petite plage de sable mouillé, jonchée de galets, de bouts d'écorce et de branches mortes. En face d'elle, sur l'eau, il y avait un bateau, probablement un traversier vers la Côte-Nord. Il n'y avait personne sur la route, à peine une voiture de temps en temps, et elle se demanda comment c'était de vivre dans un village de moins de mille personnes, quand les touristes estivaux n'étaient pas encore arrivés. Il y avait moins d'habitants à Sainte-Catherine-sur-Mer qu'il y avait d'élèves dans son école secondaire, où elle avait pourtant eu l'impression de recroiser sans cesse les mêmes visages pendant cinq ans. Ici, tout le monde devait connaître la vie intime de l'épicier et du pharmacien. Il n'y avait sûrement pas moyen de tromper sa femme sans que tous les voisins soient au courant, et les assemblées de village devaient être d'interminables séances de rabâchage de vieilles querelles entre des familles installées ici depuis toujours, certaines ayant peut-être réussi à établir sur les habitants un empire plus puissant que les autres. Autour de la pension, qui était au centre du village, il y avait moins d'une dizaine de commerces qui devaient constamment se faire concurrence, en particulier les trois casse-croûtes différents qui trouvaient le moyen de survivre, peut-être à cause des voyageurs qui s'arrêtaient pour manger sur le chemin de la Gaspésie. Clarisse avait l'impression que, malgré l'immensité du fleuve et les rafales de vent, elle aurait rapidement le sentiment d'étouffer si elle devait rester trop longtemps ici, et elle se demandait ce que David avait bien pu trouver à cet endroit perdu.

Il y avait une grosse pierre, un peu plus loin sur la plage, et il lui prit soudain l'envie de s'asseoir et de dessiner le paysage; mais elle avait perdu depuis longtemps l'habitude des carnets. Avant Lavinia, elle en avait toujours un sur elle, comme David, au cas où une idée jaillirait, ou pour passer le temps en attendant le métro, et elle les remplissait si vite qu'elle avait fini par les acheter en paquet de trois. Une petite partie seulement de ce qu'elle crayonnait dans ces cahiers se retrouvait finalement sur une toile, mais l'exercice en lui-même lui plaisait. Fixer pour toujours sur la page une image éphémère et souvent insignifiante, se constituer un petit répertoire de gestes, de réflexes dans lequel elle puiserait plus tard sans même s'en rendre compte pour créer autre chose, avait quelque chose de rassurant dont elle ne se lassait pas. Mais après la naissance de Lavinia, pendant des mois, elle n'avait plus jamais eu à attendre sans rien faire et avait rarement eu l'occasion d'avoir les deux mains libres à la fois, et puis sa tête s'était remplie de préoccupations maternelles qui ne laissaient plus beaucoup de place aux idées impromptues, si bien que, sans vraiment s'en rendre compte, elle avait fini par ne plus garder de carnet sur elle, trop occupée à remplir son sac de couches et de vêtements de rechange. Même si, à mesure que Lavinia vieillissait, elle avait retrouvé un peu de temps et de liberté, elle n'avait jamais repris l'habitude des croquis, elle n'avait pas cherché de nouveaux contrats d'illustration, et les nouvelles idées n'avaient toujours pas recommencé à jaillir dans sa tête, qui lui semblait aussi vide qu'un bocal. En fait, depuis la naissance de Lavinia, et même depuis les derniers mois de sa grossesse, elle n'avait rien peint du tout, ni même rien dessiné, sauf peut-être des animaux au crayon de cire pour faire plaisir à sa fille, au point où elle se demandait parfois si c'était encore quelque chose qu'elle savait faire.

Sa dernière exposition remontait à l'époque où elle avait connu David. Elle avait travaillé sur les créatures mythologiques; Minotaure, griffon, chimère, centaures, Gorgones. Elle aimait leur côté sauvage, brutal, imprévisible, et leur multiplicité qui déstabilisait l'adversaire. Au fil des mois, pendant qu'elle préparait cette exposition, elle avait développé une véritable obsession pour le Minotaure, ce monstre mi-homme mi-taureau, et pour la chimère, cette bête à la fois chèvre, lion et serpent dont elle avait lu quelque part qu'elle représentait les trois âges de la vie d'une femme, puberté, maturité et ménopause. Elle avait l'impression qu'il existait entre ces deux figures un dialogue qu'elle n'arrivait pas à saisir, elle y revenait sans cesse, comme si elle avait elle-même été prise dans le labyrinthe de Dédale et qu'elle avait cherché comme Thésée à en atteindre le centre, mais sans le fil d'Ariane, s'enfonçant toujours plus profondément dans sa quête. Son minuscule atelier s'était rempli d'images de plus en plus grandes et de plus en plus violentes des deux créatures, elle les avait peintes en lutte l'une contre l'autre, la femme triple contre le mangeur de vierges, jusqu'à ce qu'elle comprenne que la chimère, en quelque sorte, avait déjà gagné : elle avait la pureté des jeunes filles qu'on offrait au Minotaure, mais aussi la maturité de la femme adulte, de celle qui avait survécu au monstre.

David avait assisté au processus complet, il était venu souvent s'asseoir dans son atelier pour la regarder peindre, le soir, et ils avaient passé des nuits à parler de ces créatures et de leurs mythes, et à s'interrompre trop souvent pour faire l'amour au milieu des pots et des couleurs. Une fois, il avait apporté un de ses livres et lui avait montré la vraie chimère, la chimère monstrueuse, cette espèce de poisson des abysses au museau de lapin qui restait parfois coincé dans les filets des pêcheurs et qui blessait de son épine venimeuse celui qui avait le malheur de la remonter jusqu'à la surface. Elle en avait fait un tableau, son dernier avant de tomber en panne sèche.

Depuis un an, Renaud, sans trop insister, avait recommencé à lui parler de peinture. Il lui demandait périodiquement si elle travaillait sur quelque chose de nouveau, si elle pensait exposer bientôt, mais sa réponse était toujours la même. Pas la tête à ça, pas maintenant, ne pas forcer les choses. De toute façon, elle n'avait même plus d'atelier. Elle aimait lui répéter qu'elle avait créé un être humain et que, somme toute, les critiques là-dessus n'avaient pas été très bonnes; ça méritait bien une pause avant de se remettre à créer autre chose. Mais malgré tous ses efforts pour se convaincre, elle commençait à croire que ce n'était que des prétextes, que Lavinia était une excuse derrière laquelle elle se cachait pour éviter d'avoir à se prêter à nouveau au jeu vertigineux qui l'avait occupée pendant si longtemps.

Le traversier continuait d'avancer vers la ligne d'horizon. À sa droite, une pointe de terre recouverte de forêt s'avançait dans l'eau avec la forme d'une tête de canard. Clarisse prit quelques photos et en envoya une à Renaud, presque par habitude.

C'est beau mais c'est plate
Toujours pas de nouvelles de D.

Pendant un instant, elle eut envie qu'il soit là. Ils auraient pu parler du silence des pensionnaires, du père orphelin dans la chambre d'en face et de la volubile madame Bernier, ou essayer de découvrir des potins de village, aller manger des frites dans les trois casse-croûte pour choisir le meilleur; n'importe quoi pour éviter de penser à l'attente qui s'étirait et qui était presque pire que le pire. Mais elle savait qu'il n'aurait pas eu la patience de rester ici à rien faire, et elle se doutait qu'elle-même n'aurait pas eu la patience de l'endurer très longtemps.

Elle resserra son foulard autour de son cou et entreprit de longer le fleuve, sans s'aventurer trop loin, pour rester toujours à portée de voix de la pension au cas où David profiterait de son absence pour resurgir du néant.

***

Au moment où elle remit les pieds dans la maison, après avoir repoussé le plus longtemps possible le moment de le faire, elle sut que quelque chose se passait. Madame Bernier était au téléphone dans le salon, mais elle ne disait presque rien, comme figée.

« Oui. Oui. D'accord. Merci. »

Cécile, à côté d'elle, était assise au bout de son siège, la fixant comme si le simple fait de la regarder pouvait lui transmettre par télépathie les informations que la logeuse recevait. Elle avait abandonné son tricot sur ses genoux et la pelote avait roulé à ses pieds. Ses yeux dévièrent rapidement pour se poser sur Clarisse, puis retournèrent à la propriétaire de la pension. Enfin, après un long silence, Victoire Bernier répéta « d'accord, merci, au revoir », et raccrocha. Elle regarda Clarisse, puis Cécile, puis Clarisse à nouveau.

« Ils l'ont retrouvé. »

Clarisse fit un pas vers elle.

« Et puis? »

Un silence, juste assez long pour qu'elle comprenne avant de l'entendre.

« Il est décédé. »

Elle sentit son corps se durcir. Il lui semblait que ce n'était pas possible, qu'elle ne pouvait pas avoir fait tout ce chemin jusqu'ici pour qu'il meure. Toutes ces conversations qu'elle avait eues avec lui dans sa tête, ça ne pouvait pas être en vain. C'était forcément une erreur.

« Vous êtes sûre que c'est lui?
– Sa sœur l'a identifié.
– Elle a pu se tromper. »

Madame Bernier mit doucement sa main sur le bras de Clarisse.

« Je pense pas, non. C'est vraiment lui. »

Clarisse secoua son bras pour se dégager et recula jusqu'au fauteuil le plus proche, se laissa tomber dedans, le front appuyé sur une main. Elle avait raté son coup. Elle l'avait laissé mourir loin d'elle et de Lavinia, sans rien faire. Elle sentit la colère et la honte se battre pour l'assaillir la première. Elle aurait pu empêcher sa mort tellement de fois : si elle l'avait cherché plus tôt; si elle avait inscrit son nom sur l'acte de naissance; si elle avait répondu à son dernier message; si elle l'avait empêché de partir; si elle était partie avec lui, comme il l'avait voulu. Elle serra les doigts, ses ongles s'enfoncèrent dans les bras du fauteuil et elle dut se retenir pour ne pas cribler de coups de poing le coussin brodé, ou renverser d'une claque l'affreuse lampe à franges qui était à côté d'elle.

Cécile, qui n'avait pas bougé, serrait les lèvres, comme si elle n'osait pas demander, n'était pas certaine de vouloir savoir. Finalement, elle ouvrit la bouche, mais sa voix tremblait lorsqu'elle posa la question.

« Comment c'est arrivé?
– Ils l'ont trouvé au pied d'un précipice, dans le bois. Il était à moitié caché par un buisson.
– Ça faisait longtemps qu'il… qu'il était mort?
– Ils savent pas encore. Il avait une jambe et un bras cassés, ils pensent qu'il est sûrement tombé. Peut-être qu'il est mort sur le coup, peut-être aussi qu'il n'a pas pu bouger à cause de ses fractures… »

Clarisse eut un frisson en pensant aux fractures. Elle revit l'angle bizarre du bras de Lavinia après l'accident, les yeux de l'infirmière au triage, les pleurs, et le sang partout, parce qu'elle avait cogné sa tête contre la céramique et s'était ouvert le front en même temps. Elle se demanda s'il y avait du sang autour de David, s'il était mort au bout de son sang ou à cause de l'impact. S'il avait sauté, ou s'il était tombé. À quoi est-ce qu'il avait pensé, entre l'instant de la chute et le choc du sol? S'il n'était pas mort tout de suite, est-ce qu'il avait espéré des secours? Est-ce qu'il avait su qu'il allait mourir?

Elle regarda madame Bernier dans les yeux.

« C'était un accident?
– Le policier avait l'air de dire que oui, probablement, mais il y a encore certaines choses qu'ils veulent vérifier. Ils vont revenir interroger tout le monde, regarder ses affaires, son compte de banque, son ordinateur. Il va y avoir encore un peu de complications. »

Madame Bernier soupirait, l'air plus embêtée pour la pension dont la vie serait dérangée pendant encore quelques jours que pour David lui-même, mais ses yeux se remplissaient d'eau, et elle les essuya discrètement avec la manche de sa blouse.

Elle se retourna brusquement et se dirigea à toute vitesse vers la cuisine pour se mettre à faire des appels, pour annoncer la nouvelle à tous ceux qu'elle pouvait concerner de près ou de loin, Alain, évidemment, mais peut-être aussi l'épicier et le pharmacien, alors que Clarisse et Cécile s'enfonçaient silencieusement dans leurs fauteuils respectifs.

C'était fini. Elle était venue jusqu'ici pour rien; Lavinia, pour la première fois, n'avait vraiment plus de père. Et c'était à cause d'elle. Le médecin, l'abominable médecin de Sainte-Justine, après tout, avait peut-être eu raison. Elle avait été égoïste, irresponsable, incapable de garder les gens les plus importants du monde en sécurité. Elle avait tout saboté, et il n'y avait rien qu'elle puisse faire maintenant, à part crier, pleurer, et finir le deuil qu'elle avait commencé de faire cette nuit-là, quand elle était sortie de chez lui avec toutes ses affaires dans un sac, et qu'elle l'avait supprimé de sa vie et de son téléphone. Elle imaginait mal comment Lavinia, quand elle finirait par comprendre tout ça, pourrait un jour cesser de lui en vouloir pour tous ses ratés.

Il y eut des pas dans l'escalier, et Joël apparut dans le salon. Cécile et Clarisse le regardèrent sans rien dire, mais de la cuisine, on pouvait entendre madame Bernier répéter l'information pour la deuxième fois, et le visage de Joël changea lorsqu'il comprit, lui aussi. Il demanda comment c'était arrivé.

Clarisse répondit que c'était un accident, qu'il avait fait une chute, mais Cécile l'interrompit, sèchement.

« On n'est pas encore certains. La police continue son enquête. »

Joël hocha la tête. Il avait un drôle d'air, un air soucieux, presque inquiet. Clarisse songea qu'il n'avait sûrement pas besoin d'un mort de plus dans sa vie, et elle eut envie de s'excuser, sentit qu'elle devait faire quelque chose, se racheter auprès de lui. Elle se leva.

« Un café? »

Il fit signe que oui sans la regarder. Cécile en demanda un aussi, et Clarisse se dirigea vers la cuisine en essayant d'ignorer le bavardage incessant de madame Bernier, bourdonnant comme un moustique autour de sa tête. Dans le garde-manger, à côté du café moulu, elle trouva une bouteille de Baileys et en versa un doigt dans sa tasse et dans celle de Joël. Ça ne pourrait pas faire de tort.

***

Madame Bernier avait fini par épuiser la liste des gens à qui annoncer la nouvelle et, quand elle avait rejoint les autres dans le salon, elle s'était mise à refaire l'histoire de la vie de David. Elle et Cécile l'avaient connu petit, parce qu'il avait grandi au village. C'était donc ça qu'il avait trouvé à ce trou perdu : c'était son trou à lui. Il était parti à Rimouski pour étudier, à dix-sept ans, et il en était revenu beaucoup plus tard, adulte, pour s'installer ici. Quand il avait sonné chez madame Bernier, ça faisait à peine six mois qu'il avait quitté Clarisse et Montréal. Le groupe de recherche pour lequel il travaillait avait perdu sa subvention; il n'avait plus d'argent, plus d'emploi, ne pouvait plus payer son appartement près de l'Université, et il était revenu ici, dans son village natal. Clarisse fut presque insultée, se demanda pourquoi il n'était pas retourné à Montréal, plutôt. Là aussi, il y avait le fleuve, et il y avait elle, en plus. Il aurait pu la rappeler, et elle n'aurait pas été là aujourd'hui, au milieu d'inconnus, dans un salon qui n'avait pas changé depuis les années soixante, à boire du café tiède en essayant de comprendre sa mort. Mais non. Il avait choisi de rester, même si ça signifiait vivre au milieu de ces gens-là et se trouver des emplois médiocres pour payer sa chambre.

Cécile se mit à raconter elle aussi; l'arrivée de David à la pension, et comment il lui avait fait l'impression d'un chat égaré qui miaule à la porte pour ne pas passer la nuit dehors. Il avait les yeux tristes et la mine basse, il n'avait pas dit grand-chose à ses nouveaux colocataires et s'était contenté de manger sa soupe lentement. Madame Bernier ajouta à quel point il était poli, la complimentait toujours sur sa cuisine, même s'il mangeait très peu. Joël ne l'avait connu que quelques mois, mais il avait des petites anecdotes de rien du tout, des histoires de vie quotidienne, de croisements sur le palier ou dans le couloir. David était presque toujours le premier à monter après le souper et, comme Joël, il passait souvent la soirée sur son lit ou à son pupitre pendant que les autres jouaient aux cartes ou regardaient la télé dans le salon. Il était souvent le dernier à éteindre sa lampe, bien après les autres, et travaillait parfois jusqu'à deux ou trois heures du matin, puis se levait le lendemain comme si de rien n'était. Depuis son arrivée, à peu près deux ans plus tôt, il s'était trouvé de nouveaux contrats à l'Université, des charges de cours, il avait repris la recherche, mais il n'avait jamais quitté la pension.

Clarisse aurait eu envie de raconter, elle aussi, leur quotidien, le lit qu'ils n'arrivaient jamais à quitter très longtemps, les soirées successives à fermer les bars en pleine semaine, la musique, toute cette musique qu'ils s'échangeaient sans arrêt, et les engueulades spectaculaires de quatre heures du matin, dont ils se souvenaient à peine le lendemain, les réconciliations fabuleuses au réveil, les maux de tête et les frissons dans la nuque. Mais elle ne pouvait parler de ça à personne, surtout pas à eux, et elle se contenta de raconter une histoire tellement bête et inoffensive qu'elle avait presque l'impression de le trahir, celle de la fois où il s'était coupé les cheveux lui-même et avait finalement été obligé de tout raser, et ils rirent tous, seulement pour s'interrompre brusquement après un moment, presque gênés d'avoir pu s'amuser alors que David était mort, seul dans la forêt, comme un animal sauvage.

Sa tasse de café était finie, les sandwichs que madame Bernier leur avait fait avaler de force lui pesaient dans l'estomac, et Clarisse sentit qu'elle ne pourrait plus supporter longtemps la présence des pensionnaires autour d'elle. Elle pensa au carnet, sous son oreiller. Il faudrait le remettre à sa place avant le retour de la police.

Elle s'excusa et remonta vers les chambres, là où elle pourrait retrouver un peu David, ou ce qu'il en restait.

***

Elle referma la porte derrière elle et, après avoir remis le cahier où elle l'avait pris, elle s'approcha de la commode et ouvrit un tiroir.

Les chandails, bien pliés, bien empilés dans le meuble, tous ces chandails noirs, gris ou verts, elle les connaissait. Il y en avait bien quelques nouveaux, mais pour l'essentiel, c'était exactement ceux qui étaient dans les tiroirs de David dans son appartement à Montréal. Elle en prit un dans ses mains, un qu'elle lui avait emprunté plusieurs fois, le matin, quand elle se levait avec lui et qu'elle ne voulait pas s'habiller tout de suite parce qu'elle se recoucherait dès qu'il serait parti travailler. Elle enfouit son visage dedans, et l'odeur la prit par surprise. C'était exactement la même et, pendant une fraction de seconde, il lui sembla que c'était David lui-même qu'elle tenait dans ses bras, un David bien vivant qui s'apprêtait à l'embrasser, et elle pouvait presque sentir ses bras autour de sa taille. Elle fouilla le tiroir et découvrit les petits sachets parfumés à l'huile de pin, ceux-là mêmes qui étaient dans sa commode à l'époque. David avait toujours senti la forêt. C'était ce qui l'avait frappée le plus, la première fois qu'elle l'avait rencontré.

Cette rencontre, c'était une de celles qui auraient pu ne jamais se produire, mais qui étaient arrivées quand même, malgré tout. Elle s'était souvent repassé en boucle ce moment dans sa tête, éblouie par la somme des contingences qui les avaient menés l'un vers l'autre. Ce n'était pas de sa faute à lui si tout avait commencé cette nuit-là, sur le trottoir. Ce n'était pas vraiment de sa faute à elle non plus – la faute de personne, vraiment, sinon du hasard. Il était tard et il rentrait chez lui. Il ne regardait pas vraiment devant lui, il regardait le ciel, comme souvent, mais elle avait ouvert la porte de son appartement pour aller fumer une cigarette au moment précis où il était passé devant chez elle, et il s'était retourné. Leurs yeux s'étaient croisés et ils étaient restés comme accrochés, comme un chardon sur la laine. Il avait dit bonjour, lui avait demandé si la clope était bonne, elle avait dit oui, lui en avait offert une. Il était venu s'asseoir sur le balcon avec elle et, quand il avait fini par partir, le soleil commençait à se lever. Juste avant qu'il descende les marches, elle l'avait retenu par son chandail, elle avait senti son odeur de forêt et l'avait embrassé, comme ça, impulsivement. Elle avait cru que ce serait tout, qu'elle ne le reverrait plus, mais il avait traversé la rue et était entré dans un immeuble, juste un peu plus loin. Ils s'étaient revus tous les jours de l'été.

Elle replia consciencieusement le chandail, comme si David allait un jour ouvrir le tiroir et qu'il ne fallait pas qu'il s'aperçoive de son intrusion, et le rangea à sa place. Puis, elle s'assit au bout du lit et sortit son téléphone.

David est mort

L'écrire rendait la chose plus vraie encore, et elle sentit sa gorge se serrer. Le téléphone se mit aussitôt à sonner dans ses mains, de la sonnerie spéciale qui n'était que pour Renaud, une chanson pop qui lui parut indécente dans les circonstances.

« Qu'est-ce qui s'est passé? »

Encore cette question. Elle ne savait pas vraiment quoi lui dire, en fait, sinon répéter les mots de madame Bernier.

« Tu vas rester pour les funérailles? »

Elle n'y avait même pas pensé. Évidemment, il y aurait des funérailles, puisqu'il était mort. Et évidemment, elle allait rester. Renaud comprenait, lui demanda comment elle se sentait.

« J'arrête pas de penser à Lavinia. Elle a plus de père.
– Elle en a jamais eu, Clarisse. »

Il y eut un silence. Elle se demanda comment il osait lui dire une chose pareille, lui, entre tous.

« Je sais. Ici, je leur ai dit que c'était toi. »

Elle n'avait pas pu effacer la pointe d'hostilité dans sa voix, et elle était sûre qu'il l'avait sentie.

Une fois, quand Lavinia avait environ un an, la serveuse, au restaurant, leur avait demandé si elle s'assoirait à côté de maman ou de papa. Elle avait ri, mais c'était Renaud qui avait répondu, et lui n'avait pas trouvé ça drôle. Il avait parlé avec empressement et avec une espèce de dédain, il avait eu l'air presque insulté de la méprise. Clarisse n'avait rien dit, elle s'était dépêchée de parler d'autre chose, mais elle y avait repensé souvent. Elle avait parfois l'impression que Renaud entretenait un ressentiment absurde à l'égard de Lavinia, parce qu'elle avait monopolisé Clarisse, parce qu'elle l'empêchait d'être l'artiste qu'il aurait voulu faire d'elle, le gros nom de son écurie, celle qui aurait fait rayonner la galerie. Il avait parfois l'air de considérer Lavinia comme un simple obstacle de la vie quotidienne, comme un inconvénient auquel il fallait constamment remédier. Et elle le comprenait, pourtant, mais ça ne voulait pas dire que ça lui faisait plaisir.

Il toussota, changea de sujet.

« Et les parents de David, tu vas leur dire quoi? »

Clarisse ouvrit la bouche sans répondre, comme prise au dépourvu.

Elle était venue ici parce qu'il fallait qu'elle parle à David, et jamais elle n'avait imaginé qu'elle rencontrerait ses parents. Les grands-parents de Lavinia. C'était inévitable, pourtant, maintenant qu'il était mort. Il faudrait qu'elle aille les voir, qu'elle leur explique qu'ils avaient une petite-fille, quelque part, mais qu'ils n'en avaient jamais rien su.

« Peut-être qu'ils voudraient prendre la petite, eux. »

Clarisse hocha la tête lentement. Elle ne connaissait rien d'eux, à part la banale exaspération de David quand il parlait à sa mère, mais s'ils étaient prêts à rencontrer Lavinia, s'ils voulaient bien d'elle, ils pourraient la prendre chez eux, au lieu de ces gens qui s'occupaient d'elle en ce moment, et si tout allait bien, ils pourraient l'adopter, eux, la garder pour toujours, peut-être, et ce serait comme si elle avait réparé toutes ses erreurs. Lavinia aurait une famille, sa vraie famille, qui pourrait s'occuper d'elle, et Clarisse pourrait repartir à zéro, tout effacer et recommencer sa vie. Une vie où personne n'attendrait rien d'elle et où plus personne ne souffrirait de son incompétence.

Après le jugement du tribunal, après tous ces jours à se faire interroger, observer, évaluer, l'appartement lui avait semblé plus vide qu'à l'habitude. Sa fille lui avait manqué tout de suite, bien sûr, mais – et elle osait à peine l'avouer, même à elle-même – elle avait ressenti, comme venu de très loin, un soulagement honteux, qui avait fait surface à travers tout le reste. Un soulagement d'être enfin seule, d'être enfin libre, et de n'avoir aucune responsabilité, pour la première fois depuis un an et demi. Elle s'était couchée, elle avait dormi pendant seize heures d'affilée et, au réveil, elle s'était dépêchée d'enfouir cette pensée dans les abysses de sa conscience, elle n'avait plus été qu'éplorée, déchirée, révoltée par la situation.

Mais il avait fini par revenir, le sentiment sournois qu'elle avait réussi à effacer, et elle s'était mise à se dire que Lavinia ne méritait pas une mère qui voit sa fille comme une prison, un étau. Elle ne pouvait plus y arriver toute seule, et Lavinia, somme toute, était peut-être plus heureuse là-bas, sans elle, elle était peut-être mieux encadrée, mieux protégée, mieux aimée. Si Clarisse ne faisait aucune démarche, au bout d'un an, la famille d'accueil pourrait l'adopter, et ce serait comme si tout ça n'avait été qu'une période d'essai, un test pour découvrir qu'au fond, elle avait fait une erreur, qu'elle n'aurait jamais dû garder ce bébé qui n'avait rien demandé et qui méritait d'atterrir dans une famille qui l'aurait choisi. Il suffisait de ne rien faire, de fermer les yeux et d'attendre, de laisser son cœur se faire arracher, et tout ça finirait par disparaître.

En venant ici, à Sainte-Catherine-sur-Mer, elle avait espéré que David l'aiderait à démêler tout ça, à savoir si elle devait détourner la tête ou, au contraire, se relever les manches et tout rebâtir avec lui. Et finalement, dans sa mort, il lui avait peut-être fourni la solution.

Elle répondit à Renaud qu'elle allait y penser, parce qu'elle ne voulait pas qu'il se fasse d'idées. Même s'il faisait semblant de rien, qu'il avait l'air de vouloir respecter son choix, quel qu'il soit, elle savait qu'il croyait que ce serait la meilleure option, et ça l'agaçait. Personne d'autre qu'elle n'avait le droit de penser que, peut-être, elle n'était pas la meilleure personne pour s'occuper de sa fille.

Elle prétexta un appel de madame Bernier pour raccrocher, puis elle resta assise sur le lit de David, longtemps, le visage posé dans ses paumes, à essayer de digérer ce qui était en train de se passer.

D'abord, la mort. Le reste viendrait après.

***

L'heure du souper était arrivée par surprise pour tout le monde. Madame Bernier avait dû aller les chercher pour qu'ils descendent à la cuisine, sans quoi ils auraient sûrement tous pu passer en dessous de la table sans même s'en rendre compte, absorbés dans leur ressassement de souvenirs et leur incompréhension.

Quand Clarisse arriva en bas, Alain et Cécile étaient déjà installés et discutaient à voix basse. Ils débattaient, lui sembla-t-il, au sujet de la mort de David, mais ils lui jetèrent un coup d'œil inquiet et arrêtèrent de parler dès qu'elle passa près d'eux. Joël, de son côté, les regardait en secouant la tête, comme un adulte devant des enfants qui répètent des bêtises. Clarisse l'interrogea du regard, et il fit semblant de ne rien voir.

Madame Bernier distribua les assiettes, leur répétant encore de manger comme si c'était à ce moment précis la chose la plus importante au monde, mais personne n'avait grand intérêt pour le pâté chinois noyé de ketchup qui se liquéfiait sur la table. Au bout de quinze minutes de mastication lâche, Alain, Cécile et Joël finirent tous par se lever, les uns après les autres, sans prononcer rien de plus que quelques mots d'excuse. Madame Bernier regarda les assiettes à moitié pleines, découragée, et entreprit de desservir en soupirant, comme une mère qui ramasse les légumes que son enfant a refusé d'avaler. Madame Bernier avait dû être une mère, ce genre de mère qui couve ses petits, et elle continuait aujourd'hui de déverser son trop-plein d'attentions sur ses pensionnaires.

Dès que la logeuse eut le dos tourné, Clarisse abandonna son repas, elle aussi, et se faufila vers les toilettes. La pièce avait cette odeur de médicaments et de désinfectant qui lui rappelait l'hôpital. Une vision de Sainte-Justine lui vint à l'esprit, mais elle secoua la tête pour la chasser, réussissant seulement à la remplacer par des images de bain, le bain de Lavinia, ce moment où elles chantaient des comptines, faisaient des montagnes de mousse, jouaient à remplir des tasses en plastique. Ce moment aussi où la routine l'empoignait dans ses serres, où son énergie commençait à manquer et où il fallait faire encore un dernier effort avant de pouvoir s'asseoir enfin, prisonnière de son appartement, mais libre au moins d'y faire ce qu'elle voulait pour la première fois de la journée.

Assise sur la cuvette, elle sortit son téléphone par réflexe, mais le referma presque aussitôt. Partout, le monde continuait de tourner, les mêmes insignifiances continuaient d'être partagées par ses amis, et elle ne se sentait pas l'énergie de participer à la valse des vidéos YouTube et des listes BuzzFeed. Elle soupira et se demanda si elle ne devrait pas aller se coucher tout de suite, pensa à la bouteille de whisky qui était en haut, quand elle entendit à travers la porte fermée la voix d'Alain qui proposait une partie de cartes.

Les pensionnaires avaient dû se regrouper dans le salon, incapables de rester seuls. Si elle sortait maintenant, ils s'arrêteraient encore de parler, elle en était sûre, et elle décida de rester là, se leva et s'appuya contre la porte pour mieux entendre.

Ils spéculaient, comme ils l'avaient fait sans doute avant qu'elle arrive au village, et comme ils continuaient de le faire en cachette, sans qu'elle comprenne pourquoi. Peut-être qu'ils ne la jugeaient pas digne de participer à leurs petits conciliabules et, en fait, à part pour la curiosité qui la dévorait, elle ne s'en portait pas plus mal. Leurs hypothèses étaient toutes assez ridicules, probablement parce qu'ils avaient déjà épuisé celles qui avaient du sens. Ils parlaient de meurtre, de règlement de comptes. Elle imaginait mal quels genres de comptes quelqu'un aurait pu avoir à régler avec David. Ils s'arrêtèrent un moment de parler, commentèrent le jeu et, à travers le bruit des cartes qui se posaient sur la table, reconstituèrent, sûrement pour la millième fois, le fil des événements. Madame Bernier l'avait résumé à Clarisse, au téléphone, mais si vite, de façon si confuse qu'elle n'était plus certaine d'avoir tout compris.

Au souper, le vendredi soir, David n'avait rien mentionné de particulier concernant le lendemain. Personne ne l'avait vu partir le samedi matin, mais quand madame Bernier s'était levée, la première, comme d'habitude, sa voiture n'était plus là. Il s'était arrêté à la station-service du village pour acheter un café : l'employé l'avait vu, c'était la dernière personne à lui avoir parlé. Quand sa voiture avait été retrouvée, la veille, le verre de carton était là, vide, à côté du siège du conducteur. Ils ne savaient pas ce que la police avait trouvé sur lui aujourd'hui, s'il avait des bagages, du matériel de randonnée, ou même de chasse. La chasse aux lièvres était terminée depuis quelques semaines, mais Joël le soupçonnait de continuer à poser des collets. Personne ne semblait savoir ce qu'il était parti faire dans le bois, sans prévenir qui que ce soit.

Quelqu'un, tout à coup, murmura quelque chose qu'elle n'arriva pas à entendre, puis il y eut un long silence, avant que Joël ouvre la bouche.

« Il me semble qu'il y aurait eu des signes.
– Ce serait pas la première fois que personne aurait rien vu venir…
– Il n'a pas laissé de note, non plus.
– Ça veut rien dire, ça. Il a pu arriver quelque chose… »

Eux, alors, croyaient que David aurait été capable de se tuer. L'entendre de leur bouche semblait venir valider la possibilité, et confirmer du même coup ce qu'elle craignait, sa responsabilité à elle, les conséquences insupportables de son inaction. Personne ne pouvait savoir mieux qu'eux, eux qui avaient partagé son quotidien, qui pouvaient, rétrospectivement, relier les points, comprendre ce qui était finalement arrivé. Même s'ils n'avaient rien vu avant, maintenant que c'était fait, tout leur sauterait au visage, comme les indices dans un récit policier quand on finit par découvrir le coupable.

Clarisse ouvrit la porte de la salle de bain et, comme elle l'avait prévu, le silence revint dans le salon, à part pour le bruit des cartes. C'était si prévisible que ça en devenait lassant. Elle entra dans la pièce et alla s'asseoir sur le canapé à côté de Joël, qui lui fit un grand sourire innocent, comme s'il ne l'avait pas entendue arriver et qu'il n'avait pas fait exprès de se taire pour qu'elle ne connaisse pas leurs suppositions au sujet de David. Elle les regarda, les uns après les autres.

« Vous pensez que David s'est suicidé? »

L'effet fut exactement celui qu'elle avait espéré. Cécile s'étouffa presque avec son verre d'eau, Alain et Joël la regardèrent avec de grands yeux, interdits. Clarisse eut envie de rire, de leur dire que non, leurs petits caucus n'étaient pas aussi discrets et subtils qu'ils semblaient l'imaginer, mais elle se contenta de leur demander pourquoi ils pensaient cela.

Ils mirent un temps à répondre, se regardèrent, l'air de se consulter, et c'est finalement Joël qui parla, en pesant ses mots.

« Je pense pas qu'il se soit suicidé. Je pense que c'est un accident, et qu'Alain et Cécile dramatisent un peu trop la situation. »

Il avait regardé tour à tour ses cochambreurs avec insistance. Cécile pinça les lèvres et répondit mollement qu'elle avait la manie de penser au pire, qu'il ne fallait pas s'en faire avec elle, puis se repencha sur son jeu de cartes. Clarisse fronça les sourcils. Il n'y avait décidément rien à tirer des pensionnaires, qui semblaient déterminés à l'ignorer.

Joël avait l'air désolé, quand même, mais retourna lui aussi à la partie de cartes, recommença à commenter le jeu avec les autres, et Clarisse finit par comprendre que ce serait tout, qu'elle n'obtiendrait rien de plus de leur part. Elle se leva, se dirigea vers l'escalier et leur souhaita bonne nuit. Ils lui répondirent sans la regarder.

***

La maison était mal isolée et elle entendait encore leurs chuchotements depuis sa chambre, comme un bruissement de feuilles. Elle essaya de lire le roman qu'elle avait emporté, mais ses yeux dansaient sur la page et elle relisait les mêmes phrases encore et encore sans les comprendre, l'esprit trop ailleurs pour décoder les signes sur le papier. Elle s'étendit sur le lit et contempla le plafond, blanc comme les murs, sans toiles d'araignée ni poussière dans les coins, sans aspérité pour retenir son regard. Elle eut envie de parler à Renaud, juste pour se défouler un peu, mais elle n'osait pas l'appeler, de peur de tomber encore au mauvais moment, pendant qu'il serait au resto ou dans un bar, ou chez des amis, et qu'il n'aurait pas le temps de lui parler. Elle l'appelait toujours au mauvais moment.

Renaud, longtemps, avait été celui vers qui elle finissait invariablement par revenir. Entre deux histoires, il avait toujours été là, et elle avait souvent cru qu'un jour, il serait là pour de bon, qu'elle le garderait définitivement. Quand elle avait passé le test de grossesse, à l'atelier, elle l'avait appelé, elle avait pleuré dans ses bras, mais elle avait su tout de suite que, si elle gardait le bébé, ça ne serait plus jamais pareil entre eux. Il avait cru qu'elle se ferait avorter, qu'il n'y aurait pas la moindre hésitation là-dessus; elle était en train de lancer sa carrière et on lui proposait des projets un peu partout. Quand elle lui avait dit que non, elle aurait cet enfant, il l'avait regardée avec une incompréhension profonde dans les yeux, et un peu de rancœur, aussi, peut-être. Ils étaient sur le point d'ouvrir leur galerie, celle dont ils parlaient depuis qu'ils se connaissaient, elle avait refusé de suivre David pour mener le projet avec lui et produire une des premières expositions, et voilà qu'elle allait l'abandonner pour se transformer en mère, cette catégorie de femmes un peu fades qui sont toujours fatiguées, et qu'elle acceptait de se laisser envahir par un être qu'elle ne connaissait même pas encore et qu'elle n'avait jamais espéré.

Pourtant, pendant sa grossesse, il avait été parfait. Il l'avait accompagnée chez le médecin, dans les magasins. Il avait raté l'accouchement, parce qu'elle était orgueilleuse et qu'elle ne voulait pas qu'il la voie souffrir, mais dès que Lavinia était née, à trois heures du matin, elle l'avait appelé et il avait accouru à l'hôpital. Il était resté avec Lavinia qui pleurait pendant qu'elle avait pris sa première douche et qu'elle aussi avait pleuré, sous le jet, en cachette, parce qu'elle doutait tout à coup d'être capable de faire ça toute seule, qu'elle se demandait si elle ne s'était pas surestimée. Il les avait ramenées chez elles et, pendant les premiers jours, il les avait couvées jusqu'à ce que la mère de Clarisse arrive de Floride pour rencontrer sa petite-fille.

C'était après que toutes les complications qu'elle avait appréhendées avaient fini par se faire sentir. Tout au long de la première année, il avait laissé passer de plus en plus de temps entre ses visites, entre ses appels. Elle se disait qu'il était occupé, avec la galerie, que c'était normal, mais elle voyait bien que leurs conversations s'étiolaient, qu'ils ne savaient plus où se retrouver, et elle sentait que les détails de sa vie à elle, les petites victoires et les drames quotidiens, tout cet amour pour sa fille qui grandissait, ne l'intéressaient pas vraiment. Renaud venait encore chez elle, mais presque toujours après que Lavinia soit couchée, et seulement quand ça l'arrangeait, lui. Elle avait essayé, elle était allée à tous les vernissages, Lavinia endormie contre elle dans le porte-bébé, elle avait aidé du mieux qu'elle avait pu pour ne pas perdre le fil, mais elle se sentait déjà sombrer, noyée dans la vie quotidienne, les gestes nécessaires, les pleurs de sa fille.

Elle avait précipité son retour au travail, dans l'espoir d'améliorer les choses, de retrouver une vie à elle, un lieu à elle, un souffle qu'elle sentait devenir de plus en plus court. Ça avait aidé, un peu. Les liens s'étaient un peu resserrés entre eux et il avait commencé à rester de plus en plus tard, le soir, quand il venait la voir. Et un de ces soirs, sans prévenir, il l'avait renversée sur le sofa, comme avant, et ils avaient recommencé une autre fois, puis une autre, et encore, jusqu'au jour où, remplie d'espoirs vagues et de fausse nonchalance, elle lui avait demandé de rester pour la nuit, comme avant. Il avait dit non. Il y avait Lavinia, qui dormait déjà dans le lit de Clarisse; et puis, ça ne l'intéressait pas d'être un beau-père, il n'avait pas l'intention de former une famille avec elles, et il ne resterait plus jamais jusqu'au matin.

Après cette fois-là, pourtant, il avait continué de venir le soir et de la renverser sur le sofa, et elle avait continué d'accepter, même si, chaque fois qu'il repartait à deux heures du matin, c'était comme si on lui passait dessus avec un tracteur. Elle l'avait laissé faire jusqu'à ce jour, une semaine plus tôt, à Toronto, où elle avait finalement explosé.

Clarisse décida d'ouvrir la bouteille de whisky et en but une gorgée. Il était trop tôt pour dormir, et elle savait de toute façon qu'elle n'arriverait qu'à fixer encore le plafond en pensant à David et en se faisant des reproches, toujours ces mêmes reproches qu'elle connaissait par cœur, mais que la voix dans sa tête s'acharnait à lui répéter sans fin. Pour la faire taire, il n'y avait rien à faire, sinon boire.

Elle s'appliqua donc, parce qu'elle était comme ça, appliquée même dans ses travers, et réussit à avaler le quart de la bouteille, avant d'entendre craquer le plancher et frapper à sa porte. Elle se redressa, cacha la bouteille entre le lit et la table de chevet, cria d'entrer. Joël passa la tête dans l'entrebâillement de la porte.

« Je peux te parler deux minutes? »

Elle fit signe que oui. Il voulait s'excuser, excuser les autres, en fait. Il savait qu'ils avaient l'air bête, qu'ils n'avaient pas été particulièrement accueillants, mais il ne fallait pas leur en vouloir, disait-il, la situation était exceptionnelle et ils n'avaient pas l'habitude des étrangers. Apparemment, à Sainte-Catherine-sur-Mer, il n'en fallait pas beaucoup pour être considéré comme un étranger. Être née en ville ne jouait certainement pas en sa faveur.

Il lui demanda si elle tenait le coup, et elle sortit la bouteille de sa cachette, la lui tendit.

« Veux-tu une gorgée? »

Joël sourit et s'en enfila une bonne rasade. Il était peut-être de son côté, finalement, et ce n'était pas lui qui irait la dénoncer à madame Bernier.

Elle fit de la place à côté d'elle sur le lit et lui fit signe de s'asseoir. C'était peut-être à cause du whisky, ou parce que David était mort, mais elle avait besoin de parler à quelqu'un et, dans la maison, il était, sinon la meilleure option, du moins la plus concevable. Il eut l'air un peu surpris, mais s'installa sur le couvre-lit. Clarisse soupira, ferma les yeux.

« Lavinia, c'est la fille de David. »

MARDI

Lorsqu'elle ouvrit les yeux au moment où son alarme pour le déjeuner sonna, la mort de David lui revint à l'esprit comme un mal de tête. La deuxième chose à laquelle elle pensa, presque immédiatement après, était que la police repasserait, sûrement aujourd'hui. Elle n'avait pas envie de revoir la police.

Le cœur battant dans ses tempes, elle attrapa son téléphone, arrêta la sonnerie. Elle fronça les sourcils alors que des morceaux de la soirée de la veille lui revenaient dans le désordre. Après l'arrivée de Joël, tout était un peu vague. Elle se rappelait qu'elle lui avait tout raconté, son histoire avec David, puis avec Lavinia, et elle ne savait plus trop si ça avait été une bonne idée.

Il y avait des alertes sur l'écran de son téléphone. Elle plissa les yeux et fit le tour des nouvelles du jour. Renaud avait publié plusieurs photos du vernissage de samedi sur la page de la galerie. Il y avait eu tellement de monde qu'elle ne se rappelait pas la moitié des visages qui apparaissaient dans l'album. Ses amis partageaient des articles prévisibles sur les coupes en éducation et les problèmes du système de santé, des vidéos insignifiantes de bébé chat et des GIF amusants, et elle avait reçu un message privé d'une fille de son groupe virtuel de parents, une fille qu'elle n'avait rencontrée « en vrai » que quelques fois, mais qu'elle aimait bien, et qui commentait la dernière guerre qui avait éclaté sur la page du groupe.

Clarisse détestait les groupes virtuels de parents, à cause de leur fausse atmosphère de Calinours et de l'agressivité sous-jacente dans presque toutes les conversations, mais elle avait continué de les fréquenter, de lire les messages, de donner son avis parfois, parce qu'ils étaient son seul réseau. De tous ses amis réels, elle était la seule à avoir eu un enfant, et même s'ils lui répétaient constamment qu'elle devrait sortir plus souvent avec eux, qu'elle pouvait amener Lavinia, personne ne faisait d'effort particulier pour lui simplifier la vie. Les filles organisaient des après-midi au spa à l'heure de la sieste, des week-ends de ski dans des chalets où il n'y avait aucune chambre fermée, des brunchs du dimanche dans des bars qui s'improvisaient restos la fin de semaine, mais qui restaient interdits aux mineurs. Elle était toujours obligée de refuser, et plus elle disait non, moins, lui semblait-il, elle était invitée. C'était peut-être juste un hasard, peut-être que des activités s'étaient organisées spontanément entre ceux qui étaient au spa, au chalet, au brunch, et qu'ils n'avaient pas pensé à la prévenir, ou peut-être aussi qu'ils ne voulaient pas lui jeter leur liberté au visage alors qu'elle restait coincée chez elle, ou dans la section pour enfants de la bibliothèque, ou dans les cafés où il y avait des chaises hautes. C'était sans doute un hasard, mais il lui semblait que tout le monde était soulagé lorsqu'elle arrivait à un souper d'anniversaire seule, parce qu'elle avait trouvé une gardienne. Et Renaud, qui répétait chaque fois qu'il n'y avait aucun problème à ce qu'elle amène Lavinia dans les vernissages et la couche dans le bureau quand la soirée s'éternisait, était quand même visiblement ennuyé quand il la voyait arriver. Il n'y avait que sur ces pages virtuelles qu'elle sentait que son enfant ne dérangeait personne.

Mais depuis l'accident, elle avait complètement cessé d'y aller. Évidemment, elle n'allait pas y raconter ce qui s'était passé, elle savait assez ce qui risquait de se produire, et elle n'avait pas besoin de leurs jugements déguisés en sollicitude. Elle n'avait pas envie, non plus, de suivre les débats interminables et vicieux qui s'y déroulaient quotidiennement. Elle ne savait pas de quoi il était question cette fois-ci, et elle ne voulait pas le savoir non plus. Elle referma son téléphone sans répondre, évitant de se donner une occasion supplémentaire de constater qu'elle était inadéquate. Cette impression était née avec Lavinia, et même un peu avant elle, et l'avait accompagnée ensuite pendant les années qui avaient suivi, alimentée parfois par une remarque du pédiatre, un article partagé sur Internet, un commentaire de sa mère, d'une inconnue dans le métro. Soit elle gâtait trop sa fille, soit elle ne s'en occupait pas assez. Et depuis l'accident, elle ne cessait jamais d'entendre dans sa tête les critiques à peine voilées des infirmières et du médecin, de la travailleuse sociale qui lui avait suggéré d'apprendre la méditation pour gérer le stress de sa vie de mère monoparentale. Clarisse n'avait fait que crier plus fort après elle, ce qui n'avait aidé personne.

Elle roula hors de son lit et se traîna jusqu'à la cuisine. Comme la veille, Alain se préparait dans la salle de bain, Joël et Cécile mangeaient en silence, la logeuse écoutait la radio. Tous les matins devaient être chez madame Bernier un éternel recommencement, et cette perspective lui donna des frissons. Joël lui fit un petit sourire, discrètement, quand madame Bernier vint déposer devant elle une toast et un café, sans même lui demander son avis. Apparemment, son cas était réglé : ce serait ce qu'elle mangerait pour déjeuner jusqu'à ce qu'elle reparte à Montréal.

Un indicatif musical lui fut soudain familier. C'était le bulletin de nouvelles de la radio d'État, la version locale. Clarisse ne reconnaissait pas la voix, mais le ton était toujours le même, et c'était à la fois rassurant et déconcertant. Rapidement, elle réalisa, à peu près en même temps que Joël et Cécile, sembla-t-il, qu'il était question de David. Ils levèrent la tête d'un seul mouvement, se tournèrent vers le poste. Sans le nommer, on racontait la disparition d'un chargé de cours de l'Université, la découverte du corps, l'enquête qui n'était pas terminée. La journaliste disait que David n'avait aucun équipement de chasse ou de randonnée quand on l'avait retrouvé, ce qui poussait les policiers à poursuivre leurs recherches. Il n'y avait pas de traces de lutte dans les environs et la possibilité d'une chute était l'hypothèse la plus envisagée, mais il restait certains faits à éclaircir. Elle ne précisa pas lesquels, puis la lectrice de nouvelles enchaîna sur un autre sujet, et ce fut tout. Pour la plupart des gens, l'histoire s'arrêterait là, ils se diraient que c'était triste pour la famille, et ils poursuivraient leurs activités sans y repenser. Clarisse se serait dit la même chose si elle avait entendu la nouvelle à Montréal, si Victoire Bernier ne l'avait pas appelée trois jours plus tôt. Elle n'aurait même pas pensé à David, sauf peut-être une seconde, à cause de la région, mais jamais elle ne serait allée jusqu'à s'imaginer qu'il s'agissait de lui. Il serait mort sans qu'elle le sache, et l'annonce aurait glissé sur elle comme l'eau sur les poissons. Mais madame Bernier l'avait appelée, et maintenant, elle avait besoin d'en savoir plus.

En attendant, il fallait sortir d'ici, aller dehors, au village, n'importe où, avant que les murs de la pension ne se referment sur elle et que le silence des pensionnaires lui vrille les tympans.

***

Elle avait demandé conseil à Joël, parce qu'elle ne voyait pas à qui d'autre le faire, et il lui avait parlé d'un café, plus loin sur la rue principale. Clarisse avait mis un livre dans son sac, elle avait enfilé son manteau, et elle était sortie de la pension, enfin. Elle songea un instant qu'elle aurait aimé que Lavinia soit là avec elle. Elle aurait eu quelque chose à faire, ça lui aurait donné une contenance, un objectif. Elle aurait pu l'emmener au café avec elle et lui commander un chocolat chaud, et elles auraient joué avec des petits animaux, lu des histoires, eu des conversations sans queue ni tête. C'était un de leurs rituels du samedi matin, avant l'accident. Elles prenaient le métro, allaient à la librairie, à la bibliothèque, au restaurant, et babillaient tout le long du parcours. Mais Clarisse se rappela ensuite que, si Lavinia avait été là, il aurait fallu, avant de sortir, l'habiller, la convaincre, et puis rentrer pour la sieste et rester prisonnière des murs de madame Bernier. Si Lavinia avait été là, il aurait fallu l'emmener devant le cercueil de son père, sans savoir comment lui expliquer qui c'était ni comment il s'était retrouvé là.

Elle avait suivi la route en longeant l'eau et était finalement tombée sur le café, qui était en fait une boulangerie avec quelques tables auxquelles s'asseoir. Une famille était déjà installée, une mère, des grands-parents, deux enfants. Le grand-père faisait rouler un camion avec sa petite-fille, la mère caressait les cheveux de son garçon, lui donnait des bouchées de chocolatine tout en discutant avec la grand-mère. Clarisse s'installa dans un fauteuil près de la vitrine, pour mieux regarder les gens passer, et commanda un café et un croissant. La jeune fille qui vint la servir lui demanda ce qu'elle venait faire dans le coin, comme s'il était écrit sur son visage qu'elle arrivait de loin. Elle répondit qu'elle était en visite chez un ami.

Il n'y avait pas foule sur la rue, c'était un matin de semaine, après tout, et Clarisse tenta de se concentrer sur le livre qu'elle avait apporté, mais elle n'arrivait qu'à entendre jacasser l'employée, qui parlait aux autres clients à travers la musique insipide qui jouait en bruit de fond.

« Ma mère le connaissait, elle lui a enseigné à l'école quand il était petit. Elle a été vraiment triste de l'apprendre… Vous savez qu'ils en ont parlé aux nouvelles, ce matin? »

Clairement, il était question de David. Elle aurait dû s'en douter. Un habitant d'un village de huit cents personnes ne pouvait pas mourir d'une mort suspecte sans que tout le monde se jette sur la nouvelle comme des rapaces. Elle n'y échapperait pas, ni ici ni ailleurs. Clarisse prit une gorgée de son café, se tourna discrètement vers l'autre table. La grand-mère fouillait dans son sac.

« Voulez-vous qu'on lise quelque chose, les enfants? »

Les deux petits arrêtèrent de s'agiter autour de la table et s'approchèrent d'elle alors qu'elle tirait un album de son sac et se mettait à lire à haute voix.

« Un soir, Max enfila son costume de loup. Il fit une bêtise, et puis une autre… »

Clarisse sentit son cœur s'émietter dans sa poitrine. C'était une des histoires préférées de Lavinia, une de celles qu'elle réclamait encore et encore, au point où Clarisse elle-même pouvait la réciter les yeux fermés. Lors de sa dernière visite, elle lui avait lu ce livre, et Lavinia s'était détournée d'elle avant la fin, elle était partie jouer plus loin et n'avait jamais voulu revenir s'asseoir près d'elle. Clarisse était rentrée chez elle plus tôt que prévu, après avoir essayé de participer au jeu de sa fille, qui avait persisté à l'ignorer. C'était un peu plus de deux semaines plus tôt, juste avant qu'elle parte pour Toronto avec Renaud.

La clochette de la porte tinta et une femme entra, jeune, assez jolie. Elle se dirigea vers le comptoir, demanda une miche tranchée. Clarisse, en la suivant du regard, songea que la fille pour laquelle David recopiait de la poésie dans son carnet, Marianne ou une autre, c'était peut-être celle-là, ou alors n'importe quelle fille du village. Elle l'avait peut-être croisée dans la rue tout à l'heure sans le savoir. Elles étaient deux, sans doute, Clarisse et cette autre inconnue qui lui avait aussi brisé le cœur, à faire le deuil de David de la même façon, en ce moment même à Sainte-Catherine-sur-Mer.

La fille, après avoir reçu son pain, se tourna vers la famille et s'approcha des grands-parents, leur prit les mains.

« Monsieur et madame Hamelin, toutes mes sympathies... »

Clarisse sursauta. Hamelin. Le nom de famille de David. À quelques mètres d'elle, les parents de David, et sa sœur, probablement, son neveu et sa nièce, prenaient tout bonnement leur déjeuner, et elle ne s'était rendu compte de rien. Elle tourna précipitamment la tête vers l'autre côté de la pièce, son cœur se débattant dans sa cage thoracique comme un lièvre pris au collet. La famille de David existait bel et bien, et elle était juste à côté d'elle. Lavinia avait des grands-parents, une tante et des cousins, une famille qui semblait parfaitement convenable, unie, aimante. Elle se prit à imaginer les trois enfants écouter ensemble l'histoire que lisait la mère de David, jouer avec les camions, rire en mangeant des pâtisseries, et se dit que sa fille pourrait être heureuse, là, parmi eux, à grandir dans la nature, si près du fleuve. Et c'était comme si quelqu'un la déchargeait enfin d'un poids immense qu'elle transportait depuis des mois, seulement pour lui enfoncer du même coup un couteau au fond du ventre. Le lièvre, dans sa poitrine, se démenait de plus en plus fort.

Le grand-père remercia la jeune femme, ils discutèrent des funérailles qui auraient lieu le jeudi, et la fille prit un ton doux, plein de précautions, comme celui qu'on prend avec les vieux et les malades.

« Vous savez, c'est mon frère qui lui a parlé le dernier, à la station-service… Il dit que David avait l'air en pleine forme. C'est vraiment un accident malheureux. »

Il y eut un silence, puis des salutations embarrassées, et Clarisse revit la fille passer près d'elle pour sortir. Elle n'arrivait pas à déterminer si c'était une amie de David, une ancienne amoureuse, ou simplement une voisine qui connaissait la famille, parce que tout le monde connaissait tout le monde de toute façon. À côté d'elle, les enfants s'impatientaient, imperméables aux émotions des adultes.

« Grand-maman! Continue! »

La mère de David s'était arrêtée de lire en plein milieu d'une phrase. Elle prit une grande inspiration, s'essuya les yeux sous ses lunettes et embrassa la tête de ses petits-enfants en s'excusant. Elle reprit sa lecture avec la voix nouée.

« Max, roi des Maximonstres, resta seul. Une envie lui vint d'être aimé, d'être aimé terriblement. De loin, très loin, du bout du monde, lui venaient des odeurs de choses bonnes à manger… »

Au moment où Max renonçait à être roi des Maximonstres pour rentrer chez lui, Clarisse avala la dernière gorgée de son café et se dirigea vers la caisse sans même terminer son croissant. Elle ne pouvait pas rester plus longtemps près de la famille Hamelin, pas sans leur dire qui elle était ni sans leur parler de Lavinia, et elle sentait que ce n'était pas le moment, qu'elle n'était pas prête, et eux non plus. Elle sortit du café en remettant son manteau et se mit à courir vers n'importe où, pour s'éloigner d'eux, les chasser de son champ de vision et de son esprit.

***

Elle n'alla pas très loin. Elle n'avait jamais été très en forme, le sport la dégoûtait depuis toujours et, au bout de deux coins de rue, son souffle s'était égaré, et elle s'était appuyée sur un mur pour le retrouver.

Il était encore tôt, et elle n'avait pas envie de rentrer chez madame Bernier. Elle réalisait maintenant que le village était un champ de mines, que partout pouvaient lui exploser au visage la vie de David et les ragots sur sa mort. Il faudrait pour l'instant éviter sa famille, comme dans un immense jeu de cache-cache, et se construire une armure pour se protéger de tout ce qu'elle risquait d'entendre – mais elle préférait encore ça aux quatre murs et au plafond blanc de sa chambre. Elle regarda autour d'elle et entra dans le premier commerce venu, pour se mettre à l'abri des Hamelin.

C'était une sorte de magasin général. En longeant les étalages, elle constata qu'ici aussi, David était le principal sujet de conversation des employés et des clients. On aurait pu croire que c'était le premier ministre qui venait d'être trouvé mort. Un commis, appuyé sur ses caisses de produits, bavardait avec une cliente, répétait les informations transmises aux nouvelles. Il avait entendu dire que David était en peine d'amour, mais il n'en croyait rien, ne l'avait jamais vu avec qui que ce soit au village. La femme secouait la tête, l'avait déjà croisé en train de prendre un verre avec une fille beaucoup plus jeune que lui. Ça n'aurait pas été le premier à coucher avec ses étudiantes.

La cliente émit un sifflement désapprobateur, et Clarisse s'enfonça dans une allée en s'imaginant David tenant dans ses bras une jeune fille au baccalauréat impressionnée par son savoir doctoral, alors qu'elle-même, elle s'en était toujours bien moquée, de son savoir, et qu'elle n'avait jamais voulu l'écouter disserter plus de cinq minutes d'affilée sur l'écosystème du Saint-Laurent. Elle n'avait jamais rien eu à lui offrir de ce côté-là, que de la moquerie affectueuse pour son petit côté encyclopédique, et elle en avait un peu honte, aujourd'hui.

Devant elle, plus loin dans l'allée, un enfant était en train de se rouler par terre en hurlant devant un étalage de bonbons. Sa mère, debout près de lui, semblait complètement dépassée, le regardait en silence, les larmes aux yeux. Clarisse lui fit un sourire compatissant. Elle avait rarement réussi à aller à l'épicerie avec Lavinia sans que l'une des deux se mette à crier, sinon les deux à la fois.

Une fois, un peu avant l'accident, Lavinia avait jeté son dévolu sur des biscuits, et elle avait refusé de poursuivre son chemin, pointant obstinément la boîte. Clarisse avait dit non, l'avait tirée vers elle, mais la plainte de Lavinia s'était transformée en cri, et elle avait lâché la main de sa mère pour se précipiter sur la boîte. Clarisse l'avait attrapée au vol et la petite s'était mise à donner des coups de pied, avait finalement réussi à se dégager et s'était laissé tomber par terre en hurlant et en frappant le plancher au moment où Clarisse remettait les biscuits dans l'étalage. Au bout de l'allée, une vieille dame qui avançait vers elles s'était arrêtée en les regardant. Clarisse avait tenté de remettre sa fille sur ses pieds en lui répétant de se calmer, mais elle l'avait lâchée d'un coup sec quand elle avait senti ses dents s'enfoncer dans sa main.

Et c'était à ce moment que, près de Lavinia qui sanglotait encore plus fort, Clarisse avait senti ses propres yeux se remplir d'eau, qu'elle s'était laissé glisser elle aussi sur le plancher et s'était assise par terre, pleurant silencieusement pendant que la cliente continuait de l'observer en secouant la tête. Clarisse avait regardé Lavinia qui criait et s'était demandé, une fois de plus, ce qu'elle faisait là avec cet enfant qui hurlait, à quoi elle avait pensé quand elle avait décidé de mettre au monde une petite personne qui serait constamment insatisfaite, qui demanderait toujours plus, même quand elle n'aurait plus rien à donner. Pendant un moment, elle avait eu envie de laisser Lavinia faire sa crise par terre, de se lever, et de partir très loin, pour qu'on ne puisse jamais la retrouver. Mais elle avait pensé à cette histoire qui l'obsédait, celle d'une mère qui avait fait la manchette aux États-Unis, et elle s'était forcée à respirer, lentement.

Au Tennessee, quelques années plus tôt, une femme avait envoyé son fils adoptif de sept ans prendre l'avion seul avec, à sa veste, une simple note agrafée : *I no longer wish to parent this child.* Je ne souhaite plus élever cet enfant. Aller simple vers la Russie, son pays d'origine, où il n'y avait personne pour l'accueillir.

Cette femme, qui avait abandonné son enfant sans aucun scrupule, avait subi les jugements et les accusations de la planète en entier, mais Clarisse aurait mis sa main à couper qu'au fond d'elles-mêmes, toutes les mères l'avaient enviée, ne serait-ce que pendant une seconde. Elle avait osé, elle, réaliser l'impossible : changer d'avis et revenir en arrière.

Elle pensait très souvent à cette mère. Elle imaginait ses journées interminables, ses soupirs, son impatience, les cris, les pleurs couchée en boule sur le divan le soir. Elle la voyait assise au bord de son lit, la porte de sa chambre verrouillée, en train de respirer en quatre temps pour ne pas exploser. Elle l'imaginait chercher un billet d'avion sur Internet, ne pas croire à ce qu'elle était en train de faire, s'éloigner de l'ordinateur avec une main sur les yeux. Elle l'imaginait rouler lentement dans le stationnement de l'aéroport, prendre cet enfant par la main, l'emmener jusqu'à la porte d'embarquement, s'agenouiller, peut-être, pour agrafer la note à sa veste avant de le confier aux agents de bord. Et, une fois qu'il avait disparu, tourner le dos en soupirant, s'éloigner, soulagée, comme libérée d'une prison. Aller prendre un verre au bar de l'aéroport sans dire à personne ce qu'elle venait de faire.

Souvent, aussi, elle pensait à l'immense culpabilité, celle qui ne pouvait pas ne pas survenir. Avant que les journalistes s'emparent de l'histoire, avant même que les Russes comprennent ce qui venait de se passer, elle n'avait pas pu ne pas douter de son geste, au moins une fois. Elle n'avait pas pu ne pas être déçue, déçue d'elle-même, de l'enfant ou de la vie, peu importe, qui n'avait pas été à la hauteur.

Toutes les fois où Clarisse avait eu envie de se sauver, ou d'envoyer Lavinia loin, très loin pour ne plus l'entendre, c'était l'image de cette mère roulant toute seule jusque chez elle, rongée par le doute, qui l'avait sauvée.

Cette fois-là, dans l'épicerie, elle s'était essuyé les yeux, avait ramassé Lavinia par le dos de son manteau et l'avait prise dans ses bras, abandonnant du même coup son panier rempli d'aliments qu'elle n'achèterait pas, traversant les caisses jusqu'à la sortie en ignorant les regards des clients.

Aujourd'hui, elle ne savait plus si cette histoire était assez forte pour les sauver, Lavinia et elle. Le petit garçon russe, après tout, avait fini par trouver une famille qui l'aimait, et où il pouvait grandir et se développer comme il le méritait.

La mère du magasin général, elle aussi, ramassa son enfant comme on éloigne un animal qui ne sait pas se conduire, et elle sortit, oubliant sans doute ce qu'elle était venue acheter, se promettant peut-être de revenir plus tard, quand fiston serait de meilleure humeur.

Clarisse continua ses déambulations au hasard. Après avoir fait deux fois le tour des allées sous l'œil de plus en plus suspicieux du gérant, elle finit par s'arrêter devant le rayon papeterie. Elle ramassa des Sharpie et un petit carnet rouge, pour prendre des notes, préparer ce qu'elle allait dire aux parents de David, peut-être, et pour les avoir sous la main si, par chance, l'envie de dessiner lui prenait comme la veille. Elle se dirigea ensuite vers la caisse, où un homme était en train de payer ses achats en parlant fort et en gesticulant.

« Mon frère a un ami qui est dans la police, il m'a dit que le cadavre avait été à moitié mangé par des animaux avant qu'ils le retrouvent... »

Il éclata de rire devant l'air dégoûté de la petite caissière, comme s'il venait de lui jouer un bon tour. Clarisse ferma les yeux. Elle n'avait pas besoin de savoir ça. L'employée, encore troublée, réunit ses affaires dans un sac, inséra sa carte dans le terminal, le lui tendit.

« Vous êtes pas d'ici, vous, non?
– Je suis en visite.
– Pour le mort? »

Clarisse haussa les sourcils. Les habitants de Sainte-Catherine n'avaient décidément aucune gêne, et les pensionnaires de madame Bernier devaient tous être victimes d'anxiété sociale, parce qu'ils étaient bien les seuls à figer devant elle sous prétexte qu'ils ne la connaissaient pas. Elle hocha la tête, ça ne valait pas la peine de mentir, et prit le sac qu'on lui tendait.

En remettant les pieds dehors, elle fut surprise par le vent, qui soufflait de plus en plus fort. Elle remonta le col de son manteau, mais ça ne changea rien. Devant elle, il y avait une petite place publique, avec une fontaine encore fermée pour l'hiver, entourée de bancs sur lesquels elle n'irait pas s'asseoir. Un long quai s'avançait dans le fleuve, un peu plus loin, et des vagues glaciales allaient se casser dessus, léchaient les pierres à ses pieds. En été, ça devait être joli, ça devait être un point de rendez-vous pour les villageois, et elle imaginait madame Bernier allant s'y promener tous les soirs après le souper pour faire sa marche de santé. Mais dans ce matin froid, c'était désert, nu et désolé, les nuages rendaient le fleuve gris et dur, et elle eut l'impression que la morosité du paysage s'infiltrait sous ses vêtements, sous sa peau. Pour la première fois depuis qu'elle avait appris que David était mort, ses yeux se mouillèrent, sans qu'elle sache vraiment si c'était à cause du vent ou si, finalement, elle était encore capable de pleurer. Elle avait souvent eu l'impression d'être venue à bout de sa réserve de larmes, dernièrement.

Près du quai, à côté du bureau de poste et de l'épicerie, il y avait la taverne du village, celle où David avait été vu, sans doute, avec l'étudiante dont parlait la dame du magasin. Le néon « Ouvert » brillait sur la porte, rouge et bleu, comme une invitation. C'était le genre d'endroit où ils allaient, David et elle, un peu pour rire, mais un peu aussi parce qu'il y en avait une au coin de leur rue et qu'ils n'en avaient pas long à marcher si l'envie leur prenait subitement d'aller s'embrasser ailleurs. Lavinia avait dû être conçue au sortir d'une taverne comme celle-là, tard le soir, vers la fin de l'été.

Clarisse détourna le regard et se remit à marcher contre le vent, longeant le fleuve dont les vagues ressemblaient aux mâchoires d'un monstre, prêt à mordre les pieds des imprudents qui s'aventureraient trop près.

***

Elle retourna à la pension un peu passé l'heure du dîner, sûre de se faire réprimander par madame Bernier, qui aurait bien été capable de ne pas la nourrir pour la punir de son retard. Mais quand elle entra dans la maison, la police était là, et la logeuse avait bien trop de chats à fouetter pour penser à lui faire la leçon, occupée qu'elle était à suivre les policiers à la trace et à tout remettre en place derrière eux.

C'était les mêmes policiers que la veille, les deux agents de la SQ avec leur air impassible, avec quelques autres qu'elle n'avait jamais vus. Ils étaient venus fouiller la chambre de David, son ordinateur, ses tiroirs et son placard de fond en comble, pour trouver quelque chose qu'eux seuls semblaient imaginer, quelque chose, peut-être, qui pourrait expliquer ce qu'il était parti faire dans le bois ce jour-là, indiquer s'il était seulement tombé ou s'il s'était jeté de lui-même dans ce précipice.

Madame Bernier avait fait du café et Clarisse s'en servit une tasse qu'elle monta boire dans sa chambre, la porte fermée, en essayant d'oublier ce qui se passait dans la pièce d'à côté. Elle n'arrivait à penser qu'aux grosses mains brusques des agents qui touchaient tout, déplaçaient tout, les sachets parfumés à l'huile de pin, les vêtements et le reste. Elle avala une grosse gorgée de son café qui lui brûla la gorge et, au même moment, on frappa à sa porte.

Elle alla ouvrir; un policier qu'elle n'avait jamais vu se tenait de l'autre côté.

« Clarisse Green, c'est vous? »

Son cœur s'arrêta.

« Oui.
– Agent Leduc. Suivez-moi, s'il vous plaît. »

Il l'emmena dans le salon où se tenaient déjà, l'air nerveux, Joël et Cécile, et même Alain, qu'on avait rappelé du travail. L'agent lui tendit un mandat, des policiers étaient en train de fouiller leurs chambres et fouilleraient celle de Clarisse aussi. En s'assoyant sur un des fauteuils, elle se félicita de n'avoir rien apporté d'illégal avec elle. Ce n'était pas vraiment le moment de se faire prendre avec de la mari dans son sac. L'agent Leduc resta près d'eux, dans le couloir, pendant que ses collègues s'occupaient des fouilles, et Clarisse se pencha vers Joël pour lui demander tout bas ce qu'ils cherchaient, exactement. Joël haussa les épaules, secoua la tête. Alain bégaya que ce n'était sûrement rien de grave, juste une perquisition de routine. Cécile tricotait à toute vitesse en marmonnant quelque chose d'incompréhensible. Madame Bernier tournait en rond, allait et venait entre les pièces du rez-de-chaussée, et déclara finalement qu'elle allait réchauffer de la soupe, puis disparut dans la cuisine au grand soulagement de tout le monde, même de l'agent Leduc, qui essaya pourtant de ne pas le montrer.

Après ce qui leur sembla à tous une éternité, les policiers revinrent dans le salon et interrogèrent tout le monde séparément. Ils avaient trouvé de la drogue, de la mari, en fait, dans la chambre de David, et ils le soupçonnaient d'en vendre. Ils en avaient trouvé sur lui, sur son cadavre, et puis les fouilles avaient mené à un stock un peu trop gros pour une simple consommation personnelle, dans sa chambre, avec de l'argent, un peu trop d'argent. Son relevé de compte laissait croire que ça faisait un moment, déjà, que l'argent rentrait. Les équations, dans le carnet qu'ils avaient retrouvé à sa place et relu en entier, ils pensaient que ça avait un lien.

Évidemment, personne ne savait rien, personne n'avait rien vu, sauf Clarisse, qui fut bien obligée d'admettre que oui, elle savait qu'il consommait, de temps en temps, comme n'importe qui. La seule fois où ils s'étaient dit « je t'aime », c'était sur la MD. Mais la vente, ça, elle n'était pas au courant et, à vrai dire, elle trouvait ça un peu stupide. C'était un risque inutile qui, lui semblait-il, n'en valait pas la chandelle. Si David avait vraiment eu besoin d'argent, il aurait pu trouver un autre moyen, en demander à ses parents, même. Il avait fallu que ça l'amuse, qu'il le fasse pour le plaisir, par défi, peut-être, à la platitude de sa vie dans la pension. Mais s'il s'était ennuyé à ce point-là, ici, pourquoi est-ce qu'il était resté?

Les policiers rassemblèrent tous les pensionnaires dans la cuisine. Ils n'avaient rien trouvé hors de la chambre de David, mais madame Bernier était scandalisée, terrorisée, craignait des accusations. Après tout, ça s'était passé dans sa maison, sous son propre toit. Joël tentait tant bien que mal de la calmer, mais elle ne faisait que s'énerver davantage et le timbre de sa voix montait inexorablement vers les aigus.

L'agent Leduc posa une nouvelle fois les questions que ses collègues avaient déjà posées à chacun des locataires : est-ce que David recevait souvent des visites, est-ce qu'il semblait avoir des problèmes d'argent, est-ce qu'il avait l'air nerveux, inquiet, dans les jours qui avaient précédé sa mort? D'une question à l'autre, il était de plus en plus clair que les policiers se demandaient si quelqu'un ne l'avait pas poussé dans le précipice, finalement, et Clarisse se rendait compte que les pensionnaires, eux aussi, considéraient ce scénario, et qu'ils n'avaient pas l'air surpris, comme s'ils avaient toujours cru que c'était une possibilité. Un des agents, enfin, parla des étudiants auxquels David aurait fourni du pot. Personne n'en savait rien, et tout le monde secoua la tête avec insistance, comme pour bien montrer sa désapprobation.

Clarisse, en entendant les prénoms des étudiants, fut soulagée. Marianne et Frédéric. La Marianne du carnet, sans doute, qui avait, selon toute vraisemblance, été une cliente plutôt qu'une amoureuse. David ne couchait pas avec ses étudiantes, il leur vendait de l'herbe. Elle dut retenir un fou rire. Elle imaginait déjà les habitants de Saint-Catherine se repaître de la nouvelle. C'était une histoire parfaite de déchéance, le gentil garçon qui avait mal tourné après un séjour dans la grande ville et qui avait fini sa courte existence plongé dans l'enfer de la drogue.

Les policiers quittèrent finalement la pension, laissant derrière eux une Victoire Bernier plus secouée qu'elle ne l'avait été jusqu'ici, s'imaginant un véritable cartel géré à même une des chambres de sa maison. Autour de la table, Joël, Cécile et Alain tentaient de la rassurer, s'indignaient avec elle, mais il semblait à Clarisse qu'il y avait dans leur voix, dans les coups d'œil furtifs qu'ils lui jetaient à elle, quelque chose d'affecté. Au bout d'un moment, madame Bernier sourit d'un air absent à Alain qui, la main sur son épaule, lui répétait de ne pas s'en faire, et elle se leva d'un coup.

« Bon, c'est l'heure de manger. »

Et elle se dirigea vers la cuisinière, remplit des bols de soupe et les plaça sur la table. Elle se pencha vers le sien et se mit à manger comme une automate, en silence. Les pensionnaires se regardèrent, incertains, puis se résolurent à avaler leur dîner, eux aussi, et la pension retrouva son silence inconfortable, celui qui régnait depuis l'arrivée de Clarisse.

***

Quand il lui avait enfin semblé qu'elle pouvait sortir de table sans paraître impolie, Clarisse était montée ranger sa chambre, laissée en désordre par les fouilles, puis elle avait pensé à David, qui n'aurait jamais supporté de voir ses affaires rester sens dessus dessous. Les policiers leur avaient demandé de ne toucher à rien, en s'adressant tout particulièrement à madame Bernier.

Clarisse sortit dans le couloir et s'appuya contre le cadre de porte de la chambre de David pour constater l'ampleur des dégâts. Dans les tiroirs laissés ouverts, les vêtements avaient été dérangés, le pupitre était couvert de papiers étalés n'importe comment et le garde-robe était tout à l'envers. Les larmes lui montèrent aux yeux, et elle pensa aux parents de David, qui viendraient vider la pièce et ne pourraient pas ignorer le fait que la police était passée avant eux.

Et, comme si la perte de leur fils et la découverte de ses petits secrets n'étaient pas déjà assez à avaler, elle-même viendrait en rajouter, dévoiler un nouveau pan de la réalité qu'ils ignoraient, comme une portion de trop dans une assiette déjà pleine. Il faudrait bien choisir les mots, ne pas les effrayer ni les brusquer, et leur faire bien comprendre qu'elle savait que c'était trop peu, trop tard, mais qu'elle voulait simplement réparer ses bêtises. Elle espérait seulement qu'elle s'en sortirait mieux qu'avec sa propre mère, à qui elle n'avait pas parlé tout de suite, après l'accident, et qui lui en voulait encore.

Elle n'avait pas su comment lui annoncer qu'elle avait laissé sa précieuse petite-fille échapper à sa surveillance et qu'un médecin, puis des policiers, une travailleuse sociale, un juge venaient de décider unanimement qu'elle n'était pas capable de s'en occuper convenablement. Elle n'avait pas osé avouer son échec à sa mère qui, elle, avait toujours été irréprochable, toujours attentive, présente et patiente, qui avait cessé de travailler à sa naissance pour se consacrer à elle et à son éducation et qui ne l'avait jamais lâchée du regard – au point où Clarisse avait constamment essayé de l'esquiver, jusqu'à ce que son père, Américain d'origine, prenne sa retraite et décide qu'il était temps de retourner vivre dans sa ville natale. Même si tout cela n'avait été évoqué entre elles qu'à mots couverts, Clarisse savait que sa mère en voulait à son mari de l'avoir éloignée de leur fille; mais elle avait accepté de le suivre malgré tout, puisqu'elle-même l'avait convaincu, des années plus tôt, de quitter son pays et sa famille pour venir vivre à Montréal avec elle.

Après l'accident, Clarisse avait su aussi que, si elle appelait sa mère en Floride pour lui annoncer ce qui venait de se passer, celle-ci sauterait dans le premier avion pour Montréal, voudrait se battre à sa place pour récupérer Lavinia, et elle ne saurait pas comment lui dire non, lui faire comprendre que c'était quelque chose qu'elle devait faire elle-même pour ne plus avoir honte. Quand elle avait fini par tout lui raconter, parce qu'elle n'arrivait plus à se taire ni à mentir, sa mère lui avait reproché son silence, mais elle avait aussi offert de venir, de payer la contre-expertise médicale. Clarisse n'avait pas répondu tout de suite, parce qu'elle avait peur de traîner cette dette envers elle jusqu'à sa mort. Ce moment d'hésitation avait été fatal. Elles ne s'étaient pas reparlé depuis. Quelques textos, mais sans plus.

Il faudrait bien qu'elle lui annonce, maintenant, que David était mort. À l'époque, quand sa mère avait appris qu'il était parti, elle avait compris qu'il n'avait pas voulu « prendre ses responsabilités de père », et Clarisse ne l'avait pas détrompée. David était l'ennemi, pour sa mère, le salaud qui avait mis sa fille enceinte et s'était sauvé, et si elle avait pu lui mettre la main au collet, elle l'aurait probablement crucifié sur place.

Clarisse cligna des yeux, tentant d'évacuer les larmes, mais il était trop tard. Le plancher craqua derrière elle et elle sentit une main se poser sur son épaule. Elle se retourna et Joël, en voyant ses yeux bouffis, lui fit un petit sourire empathique.

« Ça va? »

Elle hocha la tête, s'essuya le visage avec ses manches. Il se pencha vers elle.

« J'ai l'impression que t'as besoin d'une bière. »

Elle éclata de rire, admit que oui, probablement, et il proposa d'aller à la taverne du village. Alain était reparti au travail, Cécile faisait sa sieste d'après-midi et madame Bernier était sûrement en train de faire la vaisselle, ou du lavage, ou n'importe quelle tâche ménagère qui lui permettrait de canaliser son angoisse.

Ils attrapèrent leurs manteaux et crièrent au revoir à la logeuse juste avant de fermer la porte, sans lui laisser le temps de répondre.

***

Il faisait toujours aussi gris, et le vent ne s'était pas calmé, mais Clarisse eut l'impression que l'air froid qui entrait dans ses poumons avait quelque chose d'apaisant.

Tout en marchant, Joël lui pointa un petit parc qu'elle n'avait pas remarqué, ce matin. Il y avait passé des heures et des heures avec son fils et, encore aujourd'hui, il lui arrivait d'aller s'asseoir sur un des bancs pour regarder les enfants jouer. Des balançoires, du carré de sable, de la glissoire, de partout, on pouvait voir le fleuve. Même si le terrain de jeu était minuscule, il avait l'horizon comme paysage et le vent de l'estuaire comme fond sonore. Clarisse se mit à imaginer Lavinia grimpant dans les modules et elle sentit son pouls s'accélérer jusque dans sa gorge. Depuis l'accident, depuis le bruit des os qui craquent, de la tête qui se cogne contre le sol, elle ne pouvait jamais contenir l'angoisse qui la prenait dès que Lavinia se mettait à grimper quelque part, et elle songea que, si sa fille revenait un jour vivre avec elle, elle ne pourrait plus jamais l'emmener au parc sans trembler.

De toute façon, depuis que Lavinia était bébé, le parc avait toujours été une expérience compliquée. La petite adorait le sable, les balançoires et la pataugeoire, et Clarisse l'y emmenait souvent, parce qu'elle éprouvait rapidement l'impression que leur appartement était trop petit et qu'elle avait besoin d'air, mais elle en revenait toujours lasse. Il y avait là des dizaines de mères en congé, comme elle, dont certaines semblaient se connaître et discutaient de leurs enfants dans cette espèce de dialogue de surenchère et de fausse modestie qui est celui des mères, et surtout de celles qui n'ont pas d'autre point en commun que le fait de s'être reproduites. Clarisse restait généralement dans son coin, mais elle se sentait observée par toutes ces femmes, comme si chacune de ses décisions, laisser ou non Lavinia grimper ici, intervenir plus ou moins rapidement quand elle volait la pelle d'un autre enfant, lui permettre ou non d'enlever ses souliers dans le sable, la définissait comme parent aux yeux des autres. Elle s'écoutait et se regardait à travers le jugement des mères du carré de sable, et elle revenait du parc avec une véritable fatigue décisionnelle, celle qui l'accompagnait depuis, lui semblait-il, le jour où elle était entrée dans un magasin spécialisé dans les produits pour bébé.

Il n'y avait jamais beaucoup de pères, au terrain de jeu, et Joël avait dû faire partie des quelques exceptions. David aussi, probablement, aurait aimé emmener leur fille au parc, lui montrer les plantes, les animaux et les oiseaux, si elle lui en avait laissé la chance.

Ils marchèrent en silence jusqu'à la taverne, passant devant le café de ce matin, que la famille de David avait quitté. Joël lui ouvrit la porte du bar et salua la barmaid, dont le maquillage rappelait les couleurs de l'horloge Budweiser qui brillait derrière elle. Ils étaient les seuls clients, à part un homme, dans un coin, qui avait dû commencer à boire plusieurs heures plus tôt. La barmaid prit leur commande en les appelant « mes chéris », leur apporta à chacun une pinte et un panier de popcorn, leur fit un clin d'œil entendu et disparut derrière son comptoir pour essuyer mollement des verres en regardant la télévision qui diffusait une émission sur les armes à feu.

Clarisse prit une gorgée de sa bière, sourit à Joël, mais elle ne dit rien, et lui non plus. Elle sentait, cette fois, qu'elle n'avait pas besoin de combler le silence, et ce sentiment lui-même lui faisait du bien. Les minutes passèrent lentement, comme les oiseaux à l'horizon qu'elle suivait des yeux par la fenêtre, puis elle se tourna vers lui.

« Pourquoi t'es venu t'installer chez madame Bernier?
– Ma maison a brûlé, je sais pas si tu t'en souviens. »

Il avait un sourire en coin.

« Oui, mais pourquoi là en particulier? T'aurais pu te trouver un appartement…
– J'étais pas capable d'être tout seul. J'entendais des voix. À l'hôtel, les premiers soirs, j'avais toujours l'impression d'entendre une porte s'ouvrir, comme quand Colin se relevait et sortait de sa chambre, le soir, pour aller aux toilettes… »

Clarisse hocha la tête. Le vide rempli par des fantômes, elle l'avait connu, et il avait failli la rendre folle, elle aussi. Quand elle était rentrée chez elle, après l'accident, elle avait entendu sans arrêt des petits pas dans le corridor, des poignées de porte qui tournaient, des appels dans la nuit.

« En même temps, les premiers mois à la pension, c'était pas facile. J'avais pas envie de jaser, tout avait l'air tellement futile, je devenais enragé… J'ai fini par m'habituer, et tout le monde a fini par comprendre que c'était mieux de me laisser tranquille. »

Le téléphone de Clarisse vibra dans sa poche.

Comment tu vas?

C'était Renaud. Elle n'avait pas envie de lui répondre maintenant.

Elle rangea le téléphone, releva les yeux vers Joël, lui demanda ce qu'il faisait, avant l'incendie. Il avait été caméraman. Il travaillait pour la télévision publique, quand c'était arrivé, mais il avait aussi travaillé sur quelques courts-métrages, il avait filmé des publicités, et, avec sa femme, avant la naissance de Colin, il avait tourné un documentaire sur les conditions de vie des Inuits à Kuujjuaq. Sa femme était journaliste, elle était originaire du Bic et ils étaient venus s'installer ici pour élever leur fils près de la nature.

Après leur mort, il avait pris un congé, puis son deuil s'était étendu, il s'était transformé en dépression, et Joël n'était jamais retourné travailler. Il savait qu'il devrait le faire bientôt, mais il ne savait pas quand ni comment il en aurait la force.

« Qu'est-ce qui te retient ici, maintenant? Tu pourrais t'en aller n'importe où.
– J'aurais l'impression de les trahir... »

Clarisse lui demanda comment était Colin, quel genre d'enfant c'était, et Joël raconta sa passion pour les avions, les chiens et la télévision, ses drôles d'expressions comme « un coin d'œil » pour dire « un clin d'œil », son amour des bonbons et sa haine des siestes; c'était un enfant de trois ans normal, avec tout ce qu'il avait d'extraordinaire et de banal, d'adorable et d'insupportable. Et il aurait trois ans pour toujours dans la tête de son père.

Elle lui parla à son tour de Lavinia, de toutes les petites choses qui l'avaient émerveillée, de l'amour fou qui avait tardé à arriver mais qui avait fini par surgir, après quelques semaines, de ses premiers pas qui étaient presque survenus trop tôt, de son premier mot qui n'avait pas été « maman » mais plutôt « chat », et puis de cette autre enfant qu'elle semblait devenir depuis qu'elles étaient séparées, plus difficile, plus distante, aussi.

La conversation coulait sans barrages, sans jamais pourtant s'approcher de David, comme tournant toujours autour, craignant de s'écorcher dessus.

Ils parlèrent de leurs livres préférés, des films qu'ils avaient aimés et détestés, même de politique. Clarisse raconta ses études en arts visuels, ses années de misère et d'euphorie en sortant de l'université, à subsister grâce à des illustrations pour des magazines ou des vitrines de magasins et à passer ses nuits à peindre dans l'atelier minuscule qu'elle louait même si elle n'en avait pas les moyens. Depuis l'école, elle n'avait jamais eu d'emploi alimentaire qui n'était pas artistique, elle n'avait pas été serveuse ni vendeuse de vêtements, et ça avait toujours été sa fierté. Aujourd'hui, même si elle ne dessinait plus, ne peignait plus, même si elle avait le cerveau complètement vidé d'images depuis qu'elle avait dû quitter son atelier, son seul lieu à elle, et que ça la terrifiait, elle se consolait en se disant qu'elle faisait vivre les images des autres, à la galerie, et que choisir les œuvres, les mettre en valeur, les diffuser, c'était mieux que rien.

Et alors qu'ils approchaient de la fin de leur deuxième pinte, qu'il lui semblait qu'ils s'en étaient assez dit pour qu'elle puisse oser, elle lui posa la question qui l'agaçait depuis que les policiers étaient sortis de la pension.

« Tu savais vraiment pas, pour David? »

Joël sourit.

« Ben oui, je le savais. »

Puis, il parut hésiter, prit une gorgée de sa bière, et avoua qu'en fait, tout le monde le savait, sauf madame Bernier.

Clarisse fronça les sourcils, et Joël lui expliqua que ça avait commencé quand David avait offert à Cécile, qui avait du mal à dormir, de lui trouver du pot de qualité. Joël lui-même, qui n'avait plus eu de pusher depuis des années, lui en avait demandé aussi, et ils s'étaient mis à fumer ensemble régulièrement, souvent en forêt. Alain, ce vieux garçon qui n'avait quitté les jupes de sa mère que pour celles de madame Bernier, avait fini par s'en rendre compte, et ils avaient d'abord cru qu'il les dénoncerait à la logeuse, mais il avait voulu en acheter, lui aussi, et, de fil en aiguille, David était devenu le fournisseur de tout le monde, à la pension. Il prenait les commandes, se procurait le stock et le remettait discrètement au destinataire, sans que rien n'y paraisse.

Clarisse éclata de rire. Elle imaginait David échanger des *baggies* et des billets avec ses cochambreurs, et elle ne pouvait pas s'empêcher de trouver la scène complètement absurde. Elle songea aux pensionnaires et à leurs silences nerveux, à leurs regards inquiets, et comprit que tout ça n'avait finalement rien à voir avec elle. Ils s'étaient constitué un vrai petit réseau clandestin, directement sous le nez de madame Bernier, qui ne s'était jamais doutée de rien, et ils craignaient simplement que ça leur explose au visage, à cause de la disparition de David. Comme elle, ils avaient dû penser depuis le début qu'ils étaient la cause de sa mort, qu'il s'était peut-être mis en danger à cause d'eux, ou qu'il avait accumulé trop de dettes et avait fini par se tuer, et même si toutes ces hypothèses étaient somme toute plutôt improbables, ils étaient devenus paranoïaques. Elle était seulement arrivée au mauvais moment.

Joël raconta que, après la première visite de la police, il avait récolté tout leur maigre stock et l'avait enterré dans le jardin dans une vieille boîte, en attendant que ça passe. Clarisse sourit et déclara que tout ça méritait bien une autre pinte. Joël approuva et fit signe à la barmaid.

***

Ils étaient rentrés à la pension en riant un peu trop fort, et madame Bernier les avait dévisagés avec une mine de reproche. La situation était grave, semblait-elle dire avec ses yeux plissés, mais Clarisse et Joël n'arrivaient pas à la prendre au sérieux avec son air de chien de garde.

Ils s'étaient mis à table avec les autres, et Clarisse avait observé d'un œil nouveau Alain, ce drôle de bonhomme qui avait l'air tellement coincé, et Cécile, la vieille dame ronchonneuse. Elle leur avait fait de grands sourires, mais ils n'avaient rien compris, ils ne savaient pas qu'elle savait, et ils s'étaient contentés de lancer des regards interrogateurs à Joël, qui leur avait répondu par un air exagérément mystérieux. Clarisse avait dû se dissimuler derrière sa serviette de table pour ne pas pouffer.

Et puis, aux nouvelles de six heures, ils avaient parlé de David.

Si madame Bernier n'avait pas servi le souper aussi ridiculement tôt, ils auraient sans doute raté le reportage, mais tout le monde avait terminé, on en était au dessert, et Alain, qui était passé au salon et avait allumé la télévision, avait appelé les autres à grands cris surexcités. Ils s'étaient tous massés devant le petit écran, où une photo de David était affichée. Clarisse n'avait pas revu son visage depuis trois ans, et ce fut comme recevoir un coup de poing dans l'estomac. Elle n'avait gardé aucune image de lui après son départ. La photo, à la télé, semblait récente, mais il n'avait presque pas changé. Il était toujours aussi beau, et elle fut soufflée par son regard qui semblait la fixer, elle seule, à travers l'écran. L'image changea et on vit apparaître la journaliste, debout devant l'Université, à Rimouski.

« Plusieurs étudiants de David Hamelin ont été interrogés par la police, et certains sont d'ailleurs considérés comme des suspects dans ce trafic de marijuana qui se serait déroulé sur le campus de l'Université. La police prévoit procéder à des arrestations bientôt. »

Le ton du reportage lui semblait un peu trop alarmiste, mais un vox pop à Sainte-Catherine suivait, et elle comprit. La nouvelle avait eu l'effet d'une bombe sur le village. Les gens étaient déçus, inquiets, outrés. Certains se sentaient trahis; d'autres étaient carrément mesquins, disaient du mal de sa famille, racontaient avoir prédit ses tendances délinquantes dès le jour où il avait volé des bonbons au dépanneur, à sept ans. Madame Bernier secouait la tête en silence, une main sur la bouche, dévastée. Cécile jeta un regard anxieux à Joël, qui lui fit signe de ne pas s'en faire. Alain poussa un soupir.

« Ça sera pas évident au salon. »

Clarisse pensa aux parents de David et à sa sœur qui, à peine vingt-quatre heures après la découverte de son corps, devaient subir l'opprobre du village, l'assaut des journalistes, voir leur nom et leur deuil salis par un bête et insignifiant petit fait divers, et elle eut pitié d'eux. Elle eut un peu honte, aussi, de trouver ça tellement divertissant, tellement anecdotique. Pour eux, comme pour madame Bernier et les habitants du village, ça n'aurait rien d'anodin.

La logeuse retourna dans la cuisine, ramassa en vitesse la vaisselle et les restes du souper, puis annonça qu'elle s'en allait dans sa chambre, souhaita bonne nuit à tout le monde et ferma la porte. Les pensionnaires, encore dans le salon, se regardèrent. Il était à peine six heures et quart.

Joël tendit l'oreille vers la chambre, dont aucun bruit ne s'échappait, puis se tourna vers les autres en chuchotant, pour que madame Bernier ne puisse pas l'entendre.

« Clarisse est au courant. »

Cécile ouvrit grand les yeux, eut un mouvement vers lui, mais il l'arrêta.

« Elle ne racontera rien à personne. »

Clarisse fit non de la tête, et Cécile parut se détendre un peu. Il y eut un silence; puis, Alain se tourna vers elle et, timidement, lui demanda si elle voulait jouer au Monopoly. Clarisse sourit.

« Avec plaisir. »

***

Il était tard lorsqu'elle alla finalement se glisser dans son lit, après une longue partie qu'Alain avait presque entièrement passée en prison, pendant que Cécile se plaignait de ne pas être capable de lire les cartes écrites en trop petits caractères et que Joël accumulait les hôtels.

Ils n'avaient pas parlé de David, ils n'avaient parlé que du jeu, en fait, mais au moins, elle n'avait plus l'impression d'être une intruse, tenue aux frontières de leur petit clan emmuré dans son propre silence.

Avant de fermer les yeux, elle se rappela le message de Renaud, auquel elle n'avait pas répondu. Il n'avait pas insisté, mais elle ne voulait pas l'inquiéter, écrivit qu'elle l'appellerait le lendemain, et s'étira en travers du lit. Ça faisait quelques mois seulement qu'elle pouvait prendre toute la place qu'elle voulait dans son lit, et elle ne s'y faisait toujours pas.

Depuis sa naissance, Lavinia avait dormi avec sa mère, d'abord parce que ça évitait à Clarisse de se lever la nuit pour la nourrir et que chaque minute de sommeil lui était trop précieuse pour faire autrement; puis, parce qu'elles s'y étaient habituées et que Lavinia, de toute façon, refusait de dormir ailleurs. Il n'y avait qu'une seule chambre dans leur appartement, et Clarisse disait, pour se justifier au pédiatre, que c'était une question d'espace, mais au fond, elle savait que c'était parce qu'elle voulait la garder près d'elle, pouvoir la sentir respirer dans son sommeil, la serrer dans ses bras au moment de s'assoupir. C'était toujours lorsqu'elle dormait, sans les interférences de son babillage constant, de ses pleurs, de ses demandes, qu'elle lui paraissait la plus précieuse, la plus vulnérable, et qu'elle ressentait le plus fort son devoir absolu de prendre soin d'elle. Lavinia avait été, pendant presque un an et demi, la dernière chose qu'elle voyait avant de s'endormir et la première qu'elle voyait en se réveillant.

Mais à l'hôpital, après l'accident, quand ils l'avaient gardée, Lavinia avait dû dormir seule dans son petit lit, pendant que Clarisse restait penchée sur elle, incapable de fermer l'œil; et dans sa famille d'accueil, elle avait eu son propre lit, dans sa propre chambre, comme le conseillaient les guides gouvernementaux et les infirmières du CLSC. Les premiers soirs, seule dans ses draps, Clarisse imaginait Lavinia, seule aussi pour la première fois, sans personne pour lui caresser le dos au moment de s'endormir ni personne près d'elle quand elle se réveillait le matin, sûrement terrifiée, déboussolée, peut-être en pleurs, et elle se mettait à pleurer aussi. Les premières semaines, elle avait pris un congé, à la galerie, mais elle n'arrivait qu'à se coucher en boule dans ses couvertures en attendant que le temps passe, et elle avait fini par retourner au travail, pour s'occuper, et parce que ça paraissait mieux devant la travailleuse sociale, qui avait réussi à la convaincre de déménager, de trouver un appartement à deux chambres où Lavinia serait mieux, aurait son propre espace. Elle l'avait fait, et elle avait attendu qu'on lui rende sa fille, mais, des mois plus tard, ça n'était toujours pas arrivé, et elle se demandait si, finalement, elle ne devrait pas installer un atelier dans cette deuxième chambre, pour que la peinture ait un endroit où revenir, quand elle serait prête.

Elle s'endormit en s'agitant, cherchant dans son sommeil quelque chose à étreindre, mais ne trouvant rien d'autre que les couvertures qui s'entortillaient autour de son corps.

MERCREDI

Elle avait failli rater le déjeuner, tellement elle s'était rendormie souvent après la sonnerie de son alarme. Quand elle arriva dans la cuisine, Alain était déjà parti travailler et les autres avaient fini de manger. Madame Bernier commençait à desservir la table, guillerette comme si de rien n'était, et elle lui apporta son café et sa toast en sifflotant. C'en était presque grotesque, mais ça faisait l'affaire de Clarisse, qui n'avait pas tellement envie de parler de David avec elle. En fait, elle enviait son détachement, ce matin. Elle aussi, elle aurait voulu pouvoir siffloter, mais c'était comme si une baleine s'était échouée sur sa poitrine pendant la nuit. Tout ce qu'elle avait pu trouver risible hier lui semblait lourd et suffocant, aujourd'hui, et il lui semblait que l'air qu'elle respirait n'était jamais suffisant pour remplir complètement ses poumons.

Pendant que, les yeux fixés sur sa tasse, elle laissait infuser les mêmes idées grises, s'enfonçait toujours plus loin dans ses regrets et ses remords, elle entendit le téléphone sonner, puis madame Bernier répondre, discuter, dire qu'il n'y avait pas de problème, que ça lui ferait plaisir. Et puis elle raccrocha et lança à la ronde que la sœur de David passerait ce matin chercher des vêtements pour son frère, ceux qu'il porterait pour toujours dans son cercueil.

L'annonce retourna l'estomac de Clarisse comme une boule à neige. Elle eut un instant l'envie de monter se cacher dans sa chambre pour n'en sortir que lorsque la sœur de David serait repartie, mais elle songea que c'était là, tout de même, une occasion idéale pour l'examiner d'un peu plus près avant les funérailles, pour évaluer le genre de famille qu'étaient les Hamelin, sans pourtant se compromettre tout de suite.

Elle allait rencontrer Véronique, la tante de Lavinia, celle qui aurait pu être sa belle-sœur, si la passion ne les avait pas lacérés, David et elle, si elle n'avait pas eu peur, n'avait pas choisi, envers et contre eux-mêmes, de rester à Montréal et de le laisser partir. Elle aurait aimé avoir une belle-sœur.

Elle se dépêcha de terminer son déjeuner pour que madame Bernier puisse finir de ranger la cuisine et sortit sur la grève, sous un ciel encore plus gris que la veille, pour appeler Renaud comme promis en attendant l'arrivée de la sœur de David.

Le téléphone sonna longtemps. Il était tard pour les habitants de la pension, mais Renaud, lui, dormait peut-être encore. Il habitait à cinq minutes de la galerie, c'était d'ailleurs un peu pour ça qu'ils avaient choisi un local dans ce quartier, et il était capable de se préparer en quinze minutes à peine avant de partir travailler, pour profiter de chaque seconde passée entre ses draps.

Quand il répondit enfin, il avait la voix ensommeillée et il semblait vaguement de mauvaise humeur. Il parut se réveiller un peu, quand même, lorsqu'elle lui raconta tout ce qu'elle avait appris sur David la veille. Elle l'imaginait s'asseoir dans son lit, une main sur la tête et l'autre sur le téléphone, alors qu'il s'exclamait avec une stupéfaction amusée à tout ce qu'elle lui disait. Elle essaya de lui confier qu'elle ne savait pas comment aborder la famille, qu'elle était stressée par la rencontre avec sa sœur, mais il n'arrêtait plus de s'écrier et de s'étonner en riant, sans vraiment l'écouter. Lui non plus, il n'avait jamais vraiment imaginé David en dealer, et il trouvait particulièrement drôle le fait qu'il ait vendu de la drogue à ses étudiants. Quand il sembla finalement comprendre que Clarisse allait se retrouver bientôt en face de Véronique, il reprit son sérieux.

« Ça serait le moment parfait pour lui parler de la petite. »

Clarisse fronça les sourcils.

« Non, pas aujourd'hui.
– Pourquoi?
– C'est compliqué.
– C'est pas compliqué, tu lui racontes l'histoire et tu vois comment elle réagit.

– Elle vient de perdre son frère, c'est un peu délicat. »

Il n'avait pas l'air de voir où était le problème. L'empathie n'avait jamais été sa plus grande qualité, et ça ne la surprenait pas tellement, à vrai dire, mais elle n'aurait pas refusé un peu de soutien moral au lieu du poids de la distance qui les séparait, qui semblait lui peser un peu plus sur le corps à chacune de ses phrases. Chacune de leurs conversations, depuis Toronto, était comme un rendez-vous raté.

Elle finit par bredouiller qu'elle ne voulait pas le déranger plus longtemps, qu'elle s'excusait de l'avoir réveillé, qu'elle le tiendrait au courant. Juste avant qu'il raccroche, elle crut entendre une voix de fille, en sourdine.

Clarisse enfouit son téléphone au fond de sa poche et s'approcha de l'eau, y trempa la main. C'était comme si des aiguilles s'étaient plantées dans toutes les fibres de sa chair à la fois, et elle la retira aussitôt, la secoua, l'essuya sur ses jeans. Elle songea à son petit carnet rouge, qu'elle avait laissé dans sa chambre, et dans lequel elle n'avait rien écrit ni rien dessiné encore. Elle réfléchissait mieux par écrit, ça avait toujours été le cas, et pourtant il lui semblait qu'elle ne pouvait pas préparer la conversation qu'elle aurait avec Véronique ou avec les parents de David. Après les premiers mots, le reste du dialogue ne lui apparaissait que comme un vide sidéral, un mystère total qui ne pourrait se résoudre que lorsqu'elle aurait enfin osé prononcer cette première phrase.

Elle continua de marcher le long de la grève, respirant l'odeur du large, enjambant les troncs d'arbres pourris et les pierres, sentant le sable humide s'incruster dans les semelles de ses chaussures qui crisseraient sur le plancher de madame Bernier, et après ce qui lui sembla une éternité, elle entendit derrière elle une voiture approcher, puis se stationner. Des voix, deux voix d'enfants et une voix de femme, indistinctes, et puis des pas sur les marches du perron. Elle se retourna à moitié et, de loin, elle regarda la sœur de David et ses enfants sonner à la porte de la pension, embrasser la logeuse et entrer.

C'était le signal qu'elle attendait, le moment de retourner dans la maison et d'engager la conversation, mais il lui sembla subitement que ses jambes venaient de se transformer en pierre et elle resta là, sur la plage, à ne pas savoir quoi faire.

***

C'est le vent qui avait fini par la forcer à rentrer. Le froid lui avait glacé les mains et les joues et, n'y tenant plus, elle était allée se réchauffer.

En arrivant à l'étage, elle passa devant la chambre de David, dont la porte était ouverte, et ne put pas s'empêcher de s'arrêter pour observer un peu. Les tiroirs étaient ouverts, des dizaines de morceaux de vêtements étaient étalés sur le lit et Véronique, dos à la porte, les observait, les mains sur les hanches. Aux pieds de leur mère, entourés de jouets qui semblaient dater d'une autre époque, les jouets des enfants de madame Bernier, peut-être, s'amusaient tranquillement les deux cousins de Lavinia. Le garçon devait avoir environ quatre ans et la fillette, à peu près deux ans, le même âge que Lavinia. Clarisse songea que Véronique et elle avaient probablement été enceintes en même temps, et un petit frisson lui traversa la nuque. En observant la petite, elle constata qu'elle ressemblait de façon terrifiante à sa propre fille. Les mêmes cheveux bruns, fous comme un duvet de poussin, les grands yeux, la petite bouche rouge. Il y avait même quelque chose dans la voix, des inflexions que Clarisse n'avait jamais attribuées à David, pourtant, certaine que ce genre de choses s'attrapaient par imitation, et non par hérédité. Il n'y avait pas de doute, les deux filles étaient bel et bien cousines, et on aurait même pu les prendre pour des sœurs. Sentant son cœur se serrer, Clarisse détourna la tête et fit un pas vers sa chambre, mais dans son mouvement, elle fit craquer le plancher et Véronique se retourna, lui sourit, lui tendit la main.

« Salut. »

Clarisse dut entrer dans la chambre pour serrer la main de la sœur de David, qui la prit avec chaleur, puis soupira en montrant les vêtements de son frère, se désola du bordel et de la difficulté de choisir les meilleurs morceaux. Véronique lui parlait avec un naturel qui la prit complètement au dépourvu, comme si elles s'étaient connues depuis toujours. Elle avait l'air fatiguée, ses yeux étaient un peu gonflés, ses mouvements étaient lents, mais elle semblait aborder la situation avec une grâce désarmante.

Elle lui demanda son avis sur les vêtements, lui montra les ensembles qu'elle envisageait. Clarisse savait que la coutume voulait que les hommes soient exposés en habit, mais elle n'avait jamais vu David porter de chemise ou de veston, encore moins un complet. Avec un sourire en coin, elle suggéra que, s'il avait pu choisir lui-même, il aurait probablement porté un t-shirt et un *hoodie* pour son repos éternel. Véronique éclata de rire, lui donna raison.

Par terre, les enfants commencèrent à se tirailler pour un jouet, le grand frère poussa sa petite sœur, qui se mit à pleurnicher, et leur mère se pencha vers eux tranquillement, retira le jouet et leur en trouva deux nouveaux, puis ils continuèrent de s'amuser chacun de leur côté. Véronique leur caressa la tête et s'assit sur le lit, prit une gorgée d'un thermos qui sentait le chocolat, en offrit aux petits. Clarisse ne put s'empêcher de ressentir une pointe d'envie en les regardant tous les trois, même si elle savait qu'elle n'apercevait là qu'un morceau de leur existence, comme à travers une fenêtre. Dans cet arrêt sur image, tout semblait, même en plein cœur de la tragédie familiale, si simple, si doux. Elle avait envie de rester dans cette chambre avec eux, pour absorber un peu de leur calme.

Véronique lui demanda si elle avait bien connu son frère, et Clarisse hésita. Encore une fois, elle raconta la version officielle, celle qu'elle avait servie à la police et à madame Bernier, mais elle ressentit quand même le besoin d'ajouter un peu de chaleur, de tendresse à son récit.

« Je l'aimais vraiment beaucoup. »

Véronique hocha la tête, sourit.

« Moi aussi… »

Elle prit un des chandails sur le lit, plongea son nez dedans et le serra contre elle, les yeux fermés, et Clarisse recula par réflexe, pour la laisser vivre seule ce moment dans lequel elle avait l'impression de s'introduire par effraction, mais la sœur de David releva la tête vers elle et se mit à parler à nouveau, comme pour la retenir.

« Je sais ce que tout le monde pense, au village, mais il n'était pas stupide. Il ne se serait pas mis en danger. »

Elle raconta les visites des policiers et leurs recherches, qui ne donnaient rien et ne menaient nulle part, l'autopsie qui n'avait rien appris à personne, tout ce cirque qui ne faisait que les affliger davantage, ses parents et elle, alors qu'ils avaient seulement besoin d'un peu de paix et de silence. Pour la famille Hamelin, cette mort n'était qu'un bête et injuste accident, ils n'en voulaient à personne, pas même à David lui-même, malgré les secrets et les mauvaises décisions, et ils avaient tous l'intime conviction qu'il ne s'était pas lancé dans le précipice, pas alors qu'il avait des projets et une joie de vivre irrépressible. Clarisse ne put s'empêcher de penser que, peut-être, quand ils sauraient, ils lui en voudraient un peu à elle, malgré tout, mais il lui semblait aussi que cette famille, même ébranlée, était un nid parfait dans lequel elle pourrait, si elle l'osait, déposer Lavinia sans trop de remords, sachant qu'elle y serait tenue au chaud.

Véronique, après un moment de silence, essuya ses yeux, se redressa et inspira un grand coup, lui tendit un morceau de vêtement.

« Bon. Qu'est-ce que tu penses de ce chandail-là? »

***

Madame Bernier avait essayé de garder Véronique et ses enfants à dîner, mais la sœur de David avait habilement esquivé l'invitation de la logeuse et, après avoir placé les vêtements sélectionnés dans son sac et serré Clarisse dans ses bras en la remerciant, elle était remontée dans sa voiture. Clarisse, en la regardant partir, s'était sentie étrangement apaisée. Elle avait rejoint les pensionnaires à table et elle avait mangé sa quiche presque sereinement, malgré le bavardage incessant de la propriétaire qui se questionnait à voix haute sur le service du lendemain, le genre de cérémonie funéraire que ce serait, les gens qui seraient présents.

Ils étaient en train de finir le repas quand la sonnette carillonna. Madame Bernier alla ouvrir et revint dans la cuisine, suivie de l'agent Leduc. Il voulait parler à Clarisse.

Clarisse, sans comprendre, suivit le policier, les mains moites, un nœud dans l'estomac. Il l'emmena en haut, loin des oreilles indiscrètes, la fit asseoir sur son lit et déposa la boîte à chaussures qu'il tenait dans ses mains sur la commode, à côté de lui.

« Pouvez-vous me donner votre adresse, s'il vous plaît?
– Je l'ai déjà donnée à vos collègues, hier et avant-hier...
– Pouvez-vous me la redonner? »

Elle lui donna l'adresse complète de son nouvel appartement, celui sur Drolet, qui avait les deux chambres fermées, et précisa cette fois qu'elle venait d'emménager.

L'agent lui demanda son adresse précédente, et elle récita celle de son appartement sur Marquette, son premier appartement avec Lavinia, là où elle vivait quand elle avait connu David.

Le policier hocha la tête, enleva le couvercle de la boîte et la lui tendit. À l'intérieur, des photos; des photos d'elle, plusieurs où elle dormait, certaines où elle souriait à l'objectif. Quelques-unes avaient été prises dans son atelier pendant la préparation de son exposition sur les créatures monstrueuses, sa chimère et son Minotaure en arrière-plan, une autre dans un parc, sûrement le parc Laurier, au soleil. Et, dessous, mêlées avec des petits mots qu'elle lui avait écrits cet été-là et des dessins qu'elle avait faits, des enveloppes, beaucoup d'enveloppes, portant son nom et son adresse, l'ancienne, mais jamais postées. Jamais postées, sauf une, qui avait été retournée à l'expéditeur. Elle datait de deux mois plus tôt, un peu après son déménagement.

Une joie inattendue éclata dans sa poitrine, mêlée d'un vertige d'appréhension douloureuse. David avait pensé à elle, il lui avait écrit. Pourtant, maintenant qu'il était mort, ses mots étaient devenus vides, désincarnés, que des traces de crayon sur le papier, mais elle devait absolument les lire, même si ça risquait de lui faire du mal.

« Quelle est la dernière fois que vous avez communiqué avec monsieur Hamelin? »

Clarisse répondit distraitement, les yeux toujours fixés sur la boîte.

« Il y a deux ans et demi. Fin août.
– Vous êtes sûre? Pas d'appel, pas de lettre, de email? Pas de message texte? »

Elle détacha son regard des lettres, secoua la tête, agacée. Elle avait effacé son numéro de cellulaire et elle n'avait jamais eu son adresse courriel. Pourquoi avait-elle l'impression qu'elle devait se justifier?

« Pouvez-vous me parler de votre lien avec monsieur Hamelin? »

Machinalement, Clarisse répéta ce qu'elle avait déjà dit aux agents le lundi. Elle ajouta, pour qu'il comprenne le silence radio qui avait régné entre eux, qu'ils s'étaient quittés en assez mauvais termes.

Le policier parut réfléchir un moment, regarda ses papiers.

« Elle a quel âge, votre fille? »

Clarisse sentit sa bouche s'assécher, avala sa salive. Il savait très bien qui elle était, elle ne pourrait pas jouer de jeu avec lui.

« Presque deux ans.
– Elle est née en mai? Juin?
– 23 mai.
– Et donc… elle a été conçue à la fin de l'été précédent, c'est ça?
– C'est ça, oui.
– Vous aviez quelqu'un dans votre vie à ce moment-là, à part David Hamelin? »

Clarisse baissa les yeux, soupira. Non, il n'y avait eu personne d'autre. Oui, c'était lui, le père de Lavinia, mais non, il ne l'avait jamais su.

« Vous êtes certaine? »

Elle ne savait pas s'il voulait dire qu'elle était certaine que David était le père ou certaine qu'il ne l'avait jamais su, mais ça ne changeait rien. La réponse était la même, et elle réalisait maintenant à quel point elle était irréversible.

« Oui. »

Un autre agent, le partenaire de Leduc, sans doute, apparut dans l'embrasure de la porte, interpella son collègue. Ils se retirèrent tous les deux dans le couloir et discutèrent à voix basse. Leduc jeta un ou deux coups d'œil vers elle par-dessus son épaule. Clarisse resta assise sur le lit, les mains sur les genoux, avec l'impression de s'effondrer lentement de l'intérieur. L'autre agent était sûrement en train de parler d'elle à Leduc, c'était clair, ils avaient fait des recherches sur elle et ils avaient tout trouvé. Ils allaient tout raconter à sa famille, et ils allaient gâcher la seule chance qui lui restait d'arranger les choses.

L'agent Leduc revint s'asseoir en face d'elle.

« Merci pour votre collaboration, madame Green. Ça va être tout pour l'instant. »

Clarisse fronça les sourcils.

« C'est tout?
– Oui, c'est tout. Vous pouvez garder la boîte. »

Leduc se leva, lui fit un signe de salutation et se dirigea vers le couloir. Elle resta assise sur le lit, stupéfaite, puis, juste avant qu'il sorte, elle leva la tête vers le policier, l'appela, sans pouvoir empêcher sa voix de trembler.

« Pourriez-vous ne pas en parler? À la famille de David, surtout? Je voudrais leur annoncer moi-même. »

Elle se mordit les lèvres en attendant la réponse de Leduc, qui consulta son partenaire du regard et acquiesça. Elle entendit les policiers descendre les marches, puis la porte d'entrée claqua. Elle se leva pour aller fermer la porte de sa chambre et tomba face à face avec madame Bernier, dans le couloir, qui la regardait avec des yeux agrandis par la curiosité.

« Puis? Qu'est-ce qu'ils voulaient?
– Rien d'important, vérifier mon adresse pour leur rapport. »

Et elle ferma la porte.

***

Elle avait coincé le dossier de la chaise sous la poignée, pour être certaine de ne pas être dérangée, et s'était installée sur son lit près de la boîte, son cœur battant de plus en plus fort dans la hâte et la crainte de ce qu'elle allait y trouver. C'était comme recevoir un message d'outre-tombe, et cette pensée lui donnait des frissons.

Elle commença par examiner les photos. Elle en reconnaissait quelques-unes, mais plusieurs avaient été prises à son insu, pendant qu'elle dormait. Elle peignait beaucoup la nuit, à l'époque, et elle dormait tard le matin. Certains jours, elle se réveillait longtemps après que David avait quitté l'appartement pour aller travailler, et elle n'avait aucun souvenir de son départ. Il avait dû les prendre à ce moment-là. Il ne lui en avait jamais parlé. Les draps recouvraient la majeure partie de son corps sur les photos, mais elle se sentait nue, comme exposée en les regardant.

Elle rangea les photos à l'envers au fond de la boîte, saisit un des petits mots. Elle reconnaissait son écriture, mais elle se souvenait à peine les avoir écrits. Elle lui laissait souvent ce genre de notes, sur la table ou dans ses poches. Elles ne disaient pas grand-chose, *bonne journée* ou *à demain*, mais c'était des témoignages, des preuves que cette partie de leur existence avait bel et bien eu lieu, et les dessins qui les recouvraient étaient comme des artéfacts. David était la dernière personne pour qui elle avait vraiment dessiné, et pourtant, c'était comme s'il s'était agi des œuvres de quelqu'un d'autre, elle les regardait avec le même détachement qu'elle avait devant les toiles des artistes qu'elle représentait, à la galerie.

Finalement, elle sortit les lettres. Elles n'étaient pas toutes datées, mais elles semblaient, pour la plupart, avoir été rédigées lors de la première année après leur séparation. Pendant sa grossesse. David lui écrivait comme si sa vie à elle n'avait pas changé, qu'elle était toujours la fille qu'il avait connue, mais elle ne pouvait pas s'empêcher de se revoir caresser son ventre pour répondre aux coups de pieds de Lavinia, s'étendre sur une table pour la première échographie, puis se réveiller aux deux heures la nuit, passer ses journées scotchée dans un fauteuil avec un bébé qui boit, et de se dire que la Clarisse à laquelle il s'adressait n'existait pas, ou, en tout cas, n'existait plus. Il avait écrit à un fantôme, à une idée d'elle qui n'avait pas de correspondance avec le réel.

Dans ses lettres, il parlait de ses regrets, l'accusait parfois à mots couverts d'avoir tout gâché, tout l'avenir qu'ils auraient pu avoir, et prenait le blâme plus tard, s'excusait, tournait en rond autour de leur finale en queue de poisson. Il racontait sa vie à lui, l'appartement qu'il s'était trouvé près de l'Université, ses recherches, puis la perte de son emploi, son arrivée chez madame

Bernier. Ce qui n'avait été au départ qu'une façon de se vider le cœur se transformait, au fil des lettres, en espèce de journal dont Clarisse était devenue le prétexte, la destinataire imaginaire. S'il l'avait appelée à ce moment-là, au lieu d'écrire à cette version chimérique d'elle-même, elle aurait probablement craqué. Elle lui aurait tout raconté, elle lui aurait dit « reviens, j'ai peur, j'ai besoin de toi », elle serait peut-être même venue ici, vivre avec lui, et elle ne l'aurait pas empêché de connaître sa fille, elle n'aurait pas amputé Lavinia d'un père qui aurait pu l'aimer, mieux sans doute qu'il ne l'avait aimée, elle. Mais elle avait érigé juste ce qu'il fallait de barrières entre eux, lors de son départ, juste assez pour qu'il ne l'appelle pas, et pour que ce soit difficile pour elle de tenter de le joindre. Juste assez pour se tenir à distance. Et elle avait parfois été heureuse qu'il ne soit pas là pour se mêler de ses choix, pour remettre en question ses décisions; heureuse de pouvoir consacrer toutes ses énergies à la création de ce petit être sans jamais devoir consulter personne. Mais il ne serait jamais là non plus, elle s'en était rendu compte trop tard, pour dissiper ses doutes, pour partager la répétition infinie des gestes, une répétition de plus en plus lourde à mesure que le temps s'étirait sans que les heures de sommeil s'allongent, ni pour s'émerveiller avec elle des petites choses insignifiantes qui n'auraient intéressé qu'eux.

Elle s'arrêta sur un passage, dans une lettre qui datait de trois mois après son départ.

J'ai jamais trouvé la paix depuis que je suis parti de Montréal. Je pensais que c'était la ville qui me faisait pas, que j'avais juste besoin de revoir le fleuve et la forêt, mais quand je suis revenu ici, même après juste un été, j'ai eu l'impression que c'était plus comme avant. Je pense que les mois que j'ai passés là-bas avec toi ont changé quelque chose, et je sais plus si j'ai bien fait de partir.

Elle non plus, elle n'avait pas trouvé la paix depuis qu'ils s'étaient séparés. Tout avait été tellement violent, compliqué, fiévreux.

Tu me manques plus que je l'avais imaginé. Je revois tes yeux quand je me couche le soir et je suis toujours déçu que le lit soit vide quand je me réveille. Je me demande si on aurait dû essayer plus fort, si j'aurais dû te courir après dans la rue, le dernier soir.

Elle replia la lettre sans la terminer. À quoi bon, maintenant, lire ces mots-là? Elle parcourut la pile pour trouver la plus récente, celle qu'il avait voulu qu'elle lise, celle qu'elle avait simplement ratée, à cause de ce déménagement qu'elle n'avait pas souhaité. La contingence, cette somme des petits hasards qui avaient pourtant mené à leur rencontre, avait joué contre eux, cette fois. Ils s'étaient manqués d'un poil, tout comme ils auraient pu ne jamais se croiser.

La lettre, avec son enveloppe marquée de la mention « déménagé » de la main du nouveau locataire, parce qu'elle n'avait pas fait suivre son courrier, commençait par les mêmes mots que toutes les autres, mais la suite était plus posée, plus retenue, presque prudente.

Sainte-Catherine-sur-Mer, le 16 février

Ma Clarisse,

Tu vas probablement trouver bizarre que je t'écrive maintenant. En fait, j'ose pas t'appeler, et comme tu le sais, je ne suis pas sur Facebook. Je prends donc une chance et j'espère que tu n'as pas déménagé.

Je t'écris parce que j'ai commencé des démarches pour partir en Norvège bientôt, sûrement à l'automne, pour travailler avec un chercheur, là-bas. Je ne sais pas pour combien de temps je serai parti, mais avant, je pensais venir à Montréal, au printemps ou à l'été, pour un petit bout. Ça fait longtemps que je veux revenir, mais ça n'adonnait jamais. Tu sais ce que c'est. Je me suis dit que là, ce serait le bon moment.

Je me demandais si on pouvait se voir, quand je serai là. Je sais que ça fait longtemps, que tu as peut-être quelqu'un dans ta vie, et je comprendrais. Mais si tu veux, on pourrait aller prendre un verre ou un café.

Réponds-moi si ça te tente. Ou pas, si ça te tente pas. Comme tu préfères.

Je te laisse mon numéro.

David
xxx

Sous la signature, le numéro de la pension, celui qui était apparu samedi soir sur son afficheur, comme émergeant d'une autre dimension. Elle fixa pendant un instant la lettre ouverte sur ses genoux, et la colère l'emporta finalement comme un courant trop fort. La colère contre l'avocate et la travailleuse sociale, qui avaient encouragé son déménagement; contre le médecin et le juge; contre Lavinia qui n'avait pas fait attention; contre David, qui aurait pu lui écrire plus tôt, ou l'appeler, ou se faire un maudit profil Facebook; contre le nouveau locataire de son logement, qui n'avait pas été foutu de lui faire suivre son courrier. Elle prit la boîte et la jeta de toutes ses forces à travers la chambre, se mordant l'intérieur des joues pour ne pas hurler.

Puis, les yeux brouillés par la rage qui lui semblait jaillir de partout, roulant en larmes sur son visage, elle sortit en courant de la pension, ignorant Joël qui avait passé sa tête dans le couloir et lui demandait si tout allait bien.

Arrivée sur le trottoir, elle se mit à marcher à grandes enjambées dans la direction opposée au village, vers la forêt, pour aller loin, le plus loin possible des gens, parce qu'elle aurait été capable à cet instant précis de démolir à coups de poing et à coups de pied quiconque se serait trouvé sur son chemin.

***

Elle tournait en rond parmi les mêmes arbres, lui semblait-il, depuis plus d'une heure. Elle avait perdu le signal cellulaire en entrant dans le bois, et elle était en train de se perdre elle-même. À mesure qu'elle avançait dans la boue printanière, elle avait l'impression de s'enfoncer progressivement, comme si on l'avait poussée au fond du fleuve avec des pierres dans ses poches et qu'elle se débattait sans jamais réussir à atteindre la surface. Elle tournait et retournait les mêmes questions dans sa tête, obsessivement. Si elle avait reçu la lettre, et si elle avait appelé David, alors quoi? Qu'est-ce qu'il aurait voulu, coucher avec elle une fois ou deux, en souvenir du bon vieux temps, et la laisser derrière? Est-ce qu'elle aurait osé, vraiment, lui parler de Lavinia, sachant qu'il s'apprêtait à repartir encore plus loin que la première fois? Est-ce qu'elle aurait eu peur qu'il lui dise de s'arranger, que ça ne le regardait pas? Est-ce qu'elle aurait reculé, une fois de plus, pour protéger sa fille? Ils en seraient peut-être arrivés au même point, tout compte fait, lui mort, elle tourmentée par les regrets, et c'était peut-être ça, le pire, cette incapacité de savoir si, même en ayant toutes les cartes en main, elle aurait su laquelle jouer. Elle commençait à sentir germer en elle le constat que, peu importe ses propres choix, elle n'aurait pas pu contrôler le hasard qui les avait menés là où ils étaient aujourd'hui.

Clarisse arrêta de marcher, essoufflée, et s'assit sur une roche. Une branche craqua derrière elle, pour la millième fois, et elle se retourna brusquement, mais il n'y avait rien, toujours rien. Le ciel, entre les branches encore dégarnies, était de plus en plus menaçant. Elle ne savait plus exactement de quel côté elle était arrivée, la boussole de son téléphone ne lui était d'aucune utilité, et il allait se mettre à pleuvoir bientôt. Elle pensa à sa mère, qui lui avait toujours dit de ne pas se tenir près d'un arbre lors d'un orage, puis à David, qui s'était retrouvé seul dans les profondeurs de la forêt, sans personne pour l'aider. Elle aussi, elle était dans les profondeurs de la forêt, et personne ne l'entendrait si elle criait. Elle frissonna.

Elle avait été stupide. Elle s'était précipitée dans la forêt sans réfléchir, sans dire à personne où elle allait. Mais contrairement à David, elle était incapable de reconnaître une seule espèce de plante ou de distinguer le hululement d'un hibou du hurlement d'un loup. Elle ne savait même pas faire un feu sans allumette et elle se rappelait seulement vaguement de ce qu'il fallait faire pour construire un abri. Son sens de l'orientation, lui, devenait inexistant dès qu'elle sortait de Montréal. Bientôt, elle aurait faim, elle aurait froid, elle serait trempée, et elle aurait l'air fin, citadine égarée sans ressources en pleine nature, avec son sens du tragique ridicule. Elle pouvait presque entendre David se moquer d'elle. Elle était venue jusqu'ici, jusqu'au village, pour trouver des solutions, elle était partie loin de tout ce qui était important, et elle n'avait rien trouvé qui en vaille la peine. Elle n'avait réussi qu'à se mettre dans le pétrin.

Elle pensa à ce qu'elle avait entendu au magasin général, à propos du corps. Si ça se trouvait, elle allait finir ici, elle aussi, dévorée par un animal sauvage, et personne ne s'en rendrait compte. Madame Bernier, Joël, peut-être, finiraient par s'inquiéter, mais il serait trop tard. Et Lavinia resterait pour toujours chez ces inconnus qui savaient invariablement quoi faire quand elle pleurait, dans leur grande maison décorée de guirlandes en papier.

Clarisse soupira et regarda autour d'elle en essayant de deviner la direction du fleuve. De très loin, du bout du monde, lui semblait-il, lui venaient des odeurs d'algue et d'eau. Elle se remit à marcher, tentant de suivre le fil ténu de l'air salin. Il fallait qu'elle sorte du bois.

***

Personne n'avait posé de question à son retour à la pension, malgré ses égratignures, ses cheveux et ses vêtements détrempés, et la boue sur ses jeans. Elle s'était assise pour manger le bœuf aux légumes de madame Bernier, qui lui avait rappelé celui que cuisinaient sa mère et sa grand-mère, et elle avait senti la chaleur revenir progressivement jusqu'à ses extrémités glacées. Après le repas, où des banalités s'étaient échangées autour d'elle sans même qu'elle les entende, elle avait décidé d'appeler Lavinia pour, au moins, lui dire bonne nuit, lui chanter une chanson avant qu'elle aille dormir, faute de mieux.

Elle monta dans sa chambre et ferma la porte, chercha dans son téléphone le numéro de la famille d'accueil et appuya dessus. Elle n'avait jamais utilisé ce numéro auparavant, elle n'était même pas certaine qu'elle aurait la permission de parler à Lavinia, mais la situation était quand même exceptionnelle et, si elle ne l'essayait pas, elle ne le saurait jamais.

Ce fut la mère qui répondit. Clarisse lui expliqua rapidement la situation, mais elle savait, elle avait parlé à la travailleuse sociale, et elle était un peu contrariée par son appel, on pouvait le sentir. La femme hésita un instant, puis se décida à appeler Lavinia, à lui dire que c'était maman, au téléphone. Clarisse entendit sa fille protester, au loin, et après une ou deux minutes de négociation, l'autre mère revint au bout du fil.

« Je suis désolée. Elle veut pas vous parler. »

Clarisse répondit, comme si elle ne venait pas tout juste de se faire harponner en plein cœur, que ce n'était pas grave, qu'elle comprenait, qu'elle la verrait bientôt. Lui demanda de lui dire qu'elle l'aimait.

Elle raccrocha, lança le téléphone sur le lit et s'assit, la tête dans les mains. Elle n'avait pas bougé quand la porte s'ouvrit et que madame Bernier entra, un panier sur la hanche.

« As-tu besoin que je te lave quelque chose? Je fais une brassée. »

Clarisse leva la tête vers elle sans même essayer de se composer un visage présentable. Quand la logeuse vit ses yeux rouges et enflés, elle prit une mine déconfite et posa son panier, vint s'asseoir près d'elle et lui passa un bras autour des épaules. Clarisse ne résista pas.

« Ça va aller, ma belle fille... Il est bien là où il est, maintenant. »

Clarisse la regarda, surprise, puis comprit enfin qu'elle parlait de David et échappa un petit rire. Madame Bernier fronça les sourcils, offusquée, et Clarisse s'excusa, lui parla de Lavinia, qui l'avait boudée. La propriétaire la regarda avec compassion.

« Ils sont pas toujours faciles, à cet âge-là, hein… Mais on fait de notre mieux, c'est ça qui compte. »

Elle lui frotta vigoureusement le dos, puis ramassa des vêtements qui traînaient et repartit avec son panier, en se dandinant jusque dans les autres chambres. Clarisse soupira.

Faire de son mieux. Elle haïssait cette expression, répétée partout, tout le temps, souvent avec les meilleures intentions, par ceux qui tentaient de la déculpabiliser. Elle n'avait pas besoin d'être parfaite – surtout pas, en fait : l'imperfection, c'était tellement plus à la mode. Non, il lui suffisait simplement de faire de son mieux pour être une bonne mère. Mais le problème, c'était qu'elle ne faisait pas de son mieux – pas toujours, en tout cas. Tellement de fois, quand Lavinia hurlait pour une raison ou pour une autre, elle aurait pu, comme sa mère l'avait fait avec elle, comme Véronique l'avait fait plus tôt avec ses enfants, rester calme, prendre le temps de la consoler, montrer qu'elle comprenait sa frustration. À la place, elle se laissait emporter, elle criait, puis, voyant que sa colère ne changeait rien, elle se taisait et enchaînait machinalement tous les gestes nécessaires, la laissant s'époumoner jusqu'à ce qu'elle s'arrête d'elle-même. Elle ne faisait pas de son mieux, elle abandonnait. Ou du moins, c'était ce qu'elle se répétait en boucle, et c'était ce que disaient dans sa tête la voix de la travailleuse sociale, celle du médecin.

Pourtant, il y avait aussi ces jours où elle était parfaite, justement, où elle répondait exactement la bonne chose au bon moment, où elle trouvait exactement les bons jeux, les bons gestes, les bonnes chansons. Ces jours-là, Lavinia était toujours plus charmante, elle ne lui résistait plus, elle venait se lover dans ses bras, et il lui semblait que c'était là qu'elles étaient vraiment la meilleure version possible d'elles-mêmes. Mais les autres jours revenaient infailliblement, et elle redevenait lâche, et amère, et elle ne savait plus exactement si elle était ça, « une bonne mère », ou si elle faisait seulement semblant. Parfois, elle avait l'impression d'avoir trompé tout le monde, jusqu'à ce jour où, à l'hôpital, elle avait été démasquée.

Elle pensa à Joël, qui était probablement assis dans sa chambre, juste en face, et chassa l'idée à peine formulée que lui, au moins, n'avait plus ce genre de problème. Elle le savait, il aurait sûrement payé cher pour entendre son fils, même de loin, refuser de lui parler au téléphone, et elle savait aussi que, malgré tout, elle était chanceuse. Chanceuse d'avoir le choix, comme la mère du Tennessee, qui s'était donné la liberté de renvoyer son fils en Russie. Joël, lui, n'avait pas eu le choix.

Elle ramassa sa bouteille de whisky, dont il restait environ le tiers, et décida d'aller le rejoindre, ne serait-ce que pour profiter un peu de cette comparaison qui, elle le savait, ne la consolerait pas très longtemps.

***

Joël était effectivement dans sa chambre, et il voulait bien du whisky. Tout ce qui pouvait les anesthésier un peu était bienvenu, de toute façon, pendant ces jours étranges de flottement entre la mort et la cérémonie funéraire, ces jours qui semblent s'étirer hors du temps des vivants.

L'étage de la pension était silencieux. Madame Bernier s'occupait de son lavage, Cécile et Alain devaient être au salon, et on n'entendait que les gouttes de pluie cogner à la fenêtre comme des becs d'oiseaux. Clarisse et Joël s'installèrent tous les deux sur le lit, s'échangeant la bouteille sans rien dire pendant un moment. Les mêmes pensées tournaient en rond dans sa tête comme un carrousel, et elle ignorait si elle avait vraiment envie de les laisser s'échapper; mais elle finit par lui demander s'il savait que David avait voulu partir, à l'automne.

Il ne le savait pas. Personne, à la pension, n'était au courant. Il demanda d'où elle tenait ça, et elle lui parla de la boîte à chaussures, des lettres, de la dernière lettre, surtout. Elle arrivait maintenant à y penser sans fureur, comme résignée, trop lasse pour être bouleversée encore une fois. Joël fut surpris, intrigué par les lettres et leurs révélations posthumes. Un peu envieux, aussi. Il aurait aimé que sa femme, avant sa mort, lui laisse elle aussi des messages, des mots à lire pour quand elle serait disparue et qu'il ne resterait plus d'elle que des souvenirs de plus en plus embrouillés et une vieille photo dans son portefeuille. Il avait souvent rêvé qu'elle lui laissait un message sur sa boîte vocale, mais qu'il n'arrivait pas à l'écouter.

Clarisse haussa les épaules. Dans son cas, les lettres étaient venues aviver de vieilles plaies, elles lui avaient montré tout ce qu'elle avait manqué, ce qu'elle aurait presque préféré ne pas connaître. Dans le contexte, elles avaient fait plus de mal que de bien. Elle prit une gorgée, déposa la bouteille.

« En fait, David n'aurait peut-être rien voulu savoir de sa fille, finalement.
– Pourquoi tu dis ça?
– On serait arrivées de nulle part au milieu de sa vie, de ses projets… »

Joël haussa les épaules à son tour.

« Je sais pas. Je pense qu'il aurait été surpris, au début, peut-être fâché de pas l'avoir su avant… Mais il aurait été content. Je pense qu'il aurait été un très bon père, même. »

Clarisse baissa la tête. De toute façon, il n'y avait plus d'enfant de qui s'occuper.

« Peut-être. Mais on le saura jamais. »

Joël mit sa main sur celle de Clarisse, se tourna vers elle.

« Non. On le saura jamais. »

Il la regardait avec ses yeux doux, ses yeux qui avaient toujours ce fond de tristesse. Elle le contempla aussi et, pendant un instant, leurs regards, comme avec David, s'accrochèrent l'un à l'autre. Poussée par une sorte d'impulsion, elle avança son visage vers le sien et, juste comme sa bouche allait se poser sur la sienne, il la prit par les épaules, la repoussa, tout doucement, fit non de la tête.

Elle eut un mouvement de recul et le regarda, figée, puis se détourna brusquement. La pluie, dehors, tombait encore plus fort, et les branches des arbres fouettaient la maison. Le fleuve, en face, devait être sinistre dans la noirceur. Ils restèrent en silence un moment à regarder leurs pieds, à se demander quoi faire, quoi dire, puis elle ramassa la bouteille et se leva.

« Je suis désolée. »

Elle sortit de sa chambre sans le regarder, retourna se réfugier dans la sienne derrière la porte qui claqua malgré elle.

C'était complètement ridicule. Elle n'était pas dans son état normal, elle allait rester encore deux jours dans la chambre qui était en face de la sienne, et elle n'avait pas pu se retenir d'essayer de l'embrasser. Comme si ça allait faciliter quoi que ce soit. Elle aurait voulu, pour une fois, que ça ne finisse pas comme ça. Qu'ils s'en tiennent aux conversations et aux parties de Monopoly.

Et, pire encore, elle ne pouvait pas s'empêcher de penser à Renaud et de s'en vouloir un peu, même s'ils ne s'étaient jamais rien promis, même si elle savait qu'elle ne lui devait rien. Après Toronto, pourtant, elle aurait dû cesser de s'en faire avec lui, mais elle en était incapable.

Deux semaines avant que madame Bernier l'appelle et qu'elle se retrouve à Sainte-Catherine-sur-Mer, elle était partie huit jours à Toronto, avec Renaud, pour la galerie. Ils avaient visité des expositions, rencontré des artistes et traîné dans leur chambre d'hôtel. Ils n'avaient pris qu'un lit.

La semaine avait été presque parfaite. Les gens, les restaurants, les bars, les galeries, tout les avait enchantés. C'était le genre de voyage qu'ils n'auraient pas pu faire avec Lavinia, Clarisse y avait pensé souvent, mais elle n'avait rien dit, parce qu'elle était gênée de profiter autant de son existence sans elle, et parce qu'elle ne voulait pas donner raison à Renaud, qui lui avait dit, après l'accident, quand elle avait commencé à replonger prudemment dans sa vie d'avant, celle des bars bondés, des fêtes qui se terminent à six heures du matin, des brunchs qui s'étirent jusqu'au souper et des fins de semaine dans le Nord, que c'était peut-être mieux ainsi : ça n'avait pas été l'idée du siècle, avait-il ajouté, de faire un bébé avec quelqu'un qu'elle ne connaissait presque pas et de l'élever toute seule, et elle devait bien s'en rendre compte, maintenant.

Évidemment, qu'elle s'en rendait compte, mais elle avait quand même eu envie de lui lancer son verre au visage, cette fois-là. Elle s'était retenue, elle n'avait rien dit et s'était contentée de regarder ailleurs. Depuis, elle avait essayé d'oublier, en se disant qu'il ne comprenait pas. Mais vers la fin de cette semaine-là, à Toronto, alors qu'elle savait très bien qu'elle avait plus de plaisir là-bas qu'elle n'en avait eu dans les dix-huit derniers mois réunis et qu'elle s'en voulait à mort, il avait murmuré dans son oreille, pendant qu'ils marchaient tranquillement vers nulle part, en plein après-midi.

« Tu vois comme on serait bien, juste tous les deux… »

Elle avait à peine eu le temps de le regarder que son poing était parti tout seul et l'avait frappé en plein visage, au coin de King et de Spadina, sous le regard à peine intéressé des passants. Renaud avait reculé en sacrant et elle était partie en courant.

Ils s'étaient retrouvés dans leur chambre d'hôtel, le soir, et ils ne s'étaient pas dit un mot, pas plus que le lendemain, pendant les six heures de train jusqu'à Montréal. Elle n'avait pas tellement parlé à Renaud au retour non plus, sauf pour les affaires qui concernaient la galerie.

Et voilà qu'elle embrassait presque Joël et qu'elle pensait tout de suite à lui, qu'elle avait l'impression de l'avoir trahi. Un jour, peut-être, elle finirait par accepter que Renaud n'était pas le filet qu'elle imaginait, celui dans lequel elle pouvait se laisser tomber si elle perdait l'équilibre. Il était plutôt le filet dans lequel elle s'était prise par accident, et qui la traînait malgré elle sur des kilomètres de sable sous-rin, avant de la remonter à la surface seulement pour la r à l'eau immédiatement.

JEUDI

Elle se réveilla avant son alarme, à cause du soleil, parce qu'elle s'était couchée trop vite en oubliant de fermer le store, la veille. La chambre était remplie de lumière, qui ne suffisait pourtant pas à dissiper le brouillard enveloppant son esprit. En regardant l'heure, elle vit qu'elle avait reçu un message de Renaud, en pleine nuit.

Bon courage pour le salon
Je pense à toi

Elle sourit malgré elle.

Merci
Je te tiens au courant

Elle se pencha ensuite vers son sac pour en sortir des vêtements, mais elle réalisa qu'elle n'avait rien à se mettre. Elle avait fait ses bagages à toute vitesse, sans même regarder la météo, en se dépêchant seulement pour attraper l'autobus, et elle n'avait pas pensé à emporter des habits de deuil, des habits de salon funéraire. Elle n'avait pas pensé, peut-être, qu'on en arriverait là. Maintenant qu'on y était, elle ne s'imaginait pas aller au salon avec ses jeans et sa veste de laine.

Elle ne voyait pas trop où elle pourrait trouver ce qu'il lui fallait dans le village, et il ne lui restait plus beaucoup de temps. Si madame Bernier n'était certainement pas du genre à faire les boutiques régulièrement, elle savait tout sur Sainte-Catherine, et elle devait bien savoir ce genre de chose.

Clarisse descendit à la cuisine avec ses vêtements de la veille. Il n'y avait personne encore, à part Victoire Bernier penchée sur l'évier, occupée à récurer un plat en pyrex. Clarisse avait souvent vu sa mère et sa grand-mère dans la même position, la nuque baissée, les épaules relevées, le dos courbé. Elle aussi prenait cette posture, de plus en plus souvent, même si elle n'aimait pas cette image d'elle-même en ménagère. Avant Lavinia, elle n'avait jamais été ce qu'on pourrait appeler une femme de maison, et elle n'avait jamais eu l'ambition d'en devenir une, mais la vie l'avait forcée à se détourner d'elle-même sans qu'elle puisse vraiment y faire quoi que ce soit, et ça avait quelque chose de terrifiant. Madame Bernier leva les yeux vers elle sans cesser de frotter.

« Je peux t'aider, ma belle fille? »

Elle lui exposa son problème; la petite femme l'évalua du regard.

« Je vais t'arranger ça. »

Et elle disparut. Clarisse resta dans la cuisine, incertaine. Quand la porte d'entrée s'ouvrit et se referma aussitôt, elle sortit la tête dans le couloir, mais ne vit rien. Cinq minutes plus tard, madame Bernier était de retour avec un ensemble noir veston-jupe et une blouse grise.

« C'est à ma fille. Elle te le prête. D'après moi, vous portez la même grandeur. »

La fille en question habitait la maison voisine et aidait sa mère avec la comptabilité. Elle avait grandi dans la pension avec ses frères, et Clarisse pensa que ça avait dû être une enfance bizarre, au milieu de tous ces étrangers qui allaient et venaient, traînant leurs histoires respectives à travers les pièces de la maison. Les enfants étaient tous partis à l'adolescence, pour étudier ailleurs. Les frères n'étaient pas revenus.

Clarisse remercia la logeuse et emporta les vêtements dans sa chambre. Devant le miroir, elle enfila les morceaux un à un, un peu maladroitement. Comme David, elle ne portait jamais de veston, rarement de blouse, et elle avait su tout de suite, quand madame Bernier lui avait tendu l'ensemble, que ce n'était pas son genre, qu'elle se sentirait costumée dans ces vêtements, mais elle n'avait pas pu dire non, et la perspective de devoir s'acheter une robe en catastrophe ne l'enchantait pas particulièrement de toute façon. Une fois habillée, elle se regarda et eut l'impression de voir quelqu'un d'autre. Les parents de David, en la rencontrant, verraient ce quelqu'un d'autre, ce quelqu'un qui n'existait pas, et ce serait la première impression qu'ils auraient d'elle, une impression qui déterminerait sans doute tout ce qui allait suivre. Elle ne savait pas si c'était une bonne ou une mauvaise chose, et elle ignorait toujours ce qu'elle allait leur dire. Il lui semblait que, peu importe son choix à elle, ils avaient le droit de savoir que Lavinia existait. Ils seraient probablement heureux, peut-être dépassés et bouleversés, mais heureux, et pourtant, elle n'arrivait pas à s'imaginer devant eux, leur annonçant qu'ils avaient une autre petite-fille, quelque part. Elle détenait le pouvoir de transformer la vie de tellement de gens en quelques mots, la sienne, celle de Lavinia, celles des parents et de la sœur de David, tout ça par la force d'une toute petite phrase, et ce pouvoir lui semblait un peu trop grand pour elle, comme ce veston dont les épaules étaient un peu trop larges.

Elle ouvrit la porte de la chambre pour descendre déjeuner et se retrouva face à face avec Joël, dans le couloir. Ils figèrent tous les deux, puis elle regarda précipitamment le plancher, le laissant sortir le premier, sachant qu'elle devrait le suivre et s'asseoir avec lui à la table. Il lui semblait que c'était encore pire avec ces vêtements empruntés, dans lesquels elle ne savait plus comment bouger.

Dans la cuisine, heureusement, ils n'étaient pas seuls avec leur malaise. Cécile était là, endimanchée, elle aussi, d'une manière un peu trop extravagante, presque déplacée, avec une voilette garnie de fleurs artificielles et une robe qui semblait faite pour aller à l'opéra. Madame Bernier, attendant sans doute que l'heure du déjeuner soit passée pour se changer, était toujours vêtue de son tablier fleuri à grandes poches. Et Joël, lui, portait un veston et une chemise avec ses jeans, et ça le rendait encore plus charmant qu'à l'habitude, malgré la gêne qui la prenait quand leurs regards se croisaient.

Pendant que madame Bernier préparait les céréales, les toasts et le gruau, la conversation se mit à tourner autour de la meilleure heure pour aller au salon, en fonction du début de la cérémonie et des gens qu'il y aurait à saluer. Alain se joignit aux pensionnaires, avec sa chemise boutonnée un peu trop haut et sa cravate trop serrée, et il demanda s'il y aurait un buffet, s'ils ne devraient pas faire d'une pierre deux coups et dîner là-bas. Madame Bernier attendait l'arrivée de ses fils, qui devaient être au village en fin d'avant-midi, pour aller au salon en famille.

Clarisse écouta les considérations pratiques sans rien dire. Elle savait déjà qu'elle partirait seule, avant les autres, et qu'elle irait voir le corps de David la première. C'était le dernier moment qu'elle aurait jamais avec lui, et comme elle devrait le vivre dans un salon funéraire bondé, sous les yeux de tout un village qui se demanderait qui elle était, elle s'arrangerait au moins pour ne pas en faire une activité de groupe. Elle avait trop de choses à régler avec lui.

***

Elle avait réussi à partir en douce avant que le petit groupe de la pension ne se mette en route. Elle avait regardé longuement son carnet rouge, avant de sortir, mais avait finalement abandonné l'idée d'y noter quoi que ce soit, et elle était partie sans plan précis. Le salon funéraire était à distance de marche, comme tout le reste au village, et à mesure qu'elle s'en approchait, elle sentait les battements de son cœur devenir plus forts et plus rapides, sa poitrine et sa gorge se serrer, et elle se força à respirer, à récapituler, à réfléchir.

Le pire qui pourrait arriver était que, après avoir appris la vérité, les parents de David refusent de considérer Lavinia comme l'une des leurs. Qu'ils en veuillent à Clarisse, lui fassent des reproches, elle pouvait toujours l'accepter – mais qu'ils rejettent Lavinia, ça, elle n'était pas sûre de pouvoir le supporter. Pour mettre toutes les chances de son côté, le mieux serait peut-être de leur proposer de la prendre avec eux pour un moment seulement, juste le temps qu'elle retombe sur ses pieds. Et puis, une fois que Lavinia serait installée avec eux, qu'ils se seraient attachés à elle, Clarisse n'aurait plus qu'à disparaître, à ne jamais revenir la chercher, et ils n'auraient plus le choix de la garder pour toujours. Et elle aurait l'esprit tranquille, sachant que sa fille était entre bonnes mains avec sa vraie famille, qu'elle était loin et qu'il n'y avait aucun risque qu'elle la croise par hasard dans la rue. Cette perspective lui donna une sorte de vertige, comme au sommet d'un tremplin, avant de plonger dans l'eau.

Elle ne savait pas ce qu'elle ferait de toute cette liberté, de tout ce temps retrouvé. Elle pourrait se remettre à peindre et à dessiner, c'était ce qu'elle espérait le plus, mais après ces années d'arrêt, ce serait presque comme recommencer à zéro. Son nom avait été oublié par tout le monde et il lui faudrait refaire ses preuves. Et puis, rien ne garantissait qu'elle y arriverait. Lavinia n'était plus là depuis des mois, et elle n'avait pas tracé une seule ligne, tant son absence prenait toute la place. Peut-être aussi que les remords et les regrets la suffoqueraient, l'empêcheraient de vivre. Peut-être qu'elle s'en voudrait toute sa vie si elle ne la reprenait pas, et peut-être qu'au fond, elles seraient mieux ensemble, malgré tout. C'était toujours le même dédale, elle arrivait toujours à la même impasse.

Elle tourna le coin de la rue et aperçut, devant le salon, un camion portant le logo d'une station de télévision qui avait envoyé une équipe sur place. Devant la porte, un journaliste et son caméraman paraissaient s'ennuyer ferme, attendant que quelqu'un se dirige vers l'entrée pour lui sauter dessus avec leur équipement. C'était indécent.

Elle baissa la tête et accéléra, dans l'espoir qu'ils comprendraient qu'elle ne voulait pas être interrogée, mais le journaliste, lorsqu'elle passa près de lui pour ouvrir la porte, lui mit la main sur le bras. Elle se tourna vers lui brusquement et le regarda avec des couteaux dans les yeux.

« Quoi? »

Sans perdre sa contenance, il lui demanda si elle connaissait bien le défunt, si elle avait des commentaires à faire sur l'enquête et si elle avait soupçonné les activités criminelles de David.

Elle se mit à crier après lui sans réfléchir, lui disant qu'il n'était qu'un charognard sans scrupules et qu'il devrait laisser les gens vivre leur deuil en paix, et elle était au beau milieu d'un chapelet de sacres quand la porte s'ouvrit sur la mère de David, qui sortait sur le perron en tenant par la main la fille de Véronique, et la regarda d'un air perplexe et réprobateur. Clarisse baissa les yeux et s'excusa, puis se faufila à l'intérieur avec l'envie de se mordre la langue jusqu'à ce qu'elle ne puisse plus parler. Elle était encore en train de tout saboter.

Elle fit un effort pour retrouver son calme, lissa sa jupe, remit de l'ordre dans ses cheveux et regarda autour d'elle. Elle avait souvent trouvé qu'il y avait une certaine parenté entre les salons funéraires et les musées. On y venait pour contempler quelque chose d'achevé, de mort, on parlait à voix basse et avec recueillement, et on tenait les enfants près de soi en leur faisant signe de se taire et de ne toucher à rien.

À tout prendre, pourtant, elle préférait encore les musées.

Le salon du village était vieux, comme la pension de madame Bernier, avec le même style de décoration, qui n'avait pas dû beaucoup changer depuis son ouverture. C'était le genre d'entreprise familiale où des générations d'enfants avaient grandi entre les salles d'exposition et le laboratoire du thanatologue. Il y en avait encore, d'ailleurs, des enfants, qui arpentaient courageusement leur domaine et qui couraient se cacher en riant derrière les rideaux quand des visiteurs approchaient. Clarisse pensa à Lavinia, qui n'aurait rien compris du tout, si elle avait été ici, et qui aurait sûrement voulu jouer à cache-cache, elle aussi.

Elle chercha des yeux la salle d'exposition, marcha jusqu'aux portes vitrées et s'immobilisa. Elle n'osait pas entrer, pas tout de suite. À l'autre bout de la pièce, derrière les visiteurs, elle devinait un autel, mais elle n'arrivait pas à voir le corps. Elle eut un mouvement de recul, tout à coup, en tentant de l'imaginer. Elle ne savait plus si elle était prête à revoir le corps de David, ce corps qu'elle connaissait si bien et qui ne serait déjà plus le même, immobile, embaumé, maquillé par un croque-mort. Elle se demanda si elle voulait vraiment garder de lui cette image déformée, si loin de ses souvenirs. Si c'était vraiment utile, si ça changerait quoi que ce soit. Elle pouvait toujours rebrousser chemin, il n'était pas trop tard. Personne ne la connaissait, personne ne saurait qu'elle était venue et qu'elle n'avait pas pu rester. Tout ce qu'elle avait à lui dire, de toute façon, il ne l'entendrait pas, et elle pouvait le lui répéter, encore et encore, dans sa tête à elle.

Comme elle allait se retourner, elle sentit qu'on lui prenait le bras, sursauta.

C'était Joël. Elle ne lui avait pas dit qu'elle partait pour le salon, c'était à croire qu'il l'avait suivie. Elle n'osa pas se défaire de son étreinte, mais elle était effroyablement mal à l'aise.

« Les autres sont avec toi?
– Non, je suis venu tout seul.
– J'allais repartir…
– Tu l'as vu? »

Elle eut envie de mentir, mais elle ne pouvait pas, pas à lui.

« Non. J'ai pas osé entrer.
– Il faut. Crois-moi. Il faut voir. »

Elle fit un pas vers l'arrière, secoua la tête.

« Pas tout de suite.
– J'y vais avec toi. Allez. »

Il l'entraîna par le bras, ouvrit la porte et se mit à avancer dans l'allée qui coupait la salle en deux. Les visiteurs étaient clairsemés. Parmi leurs corps bien vivants, elle commença à apercevoir le cercueil, et elle comprit qu'il était bel et bien ouvert, et que David était là, tout près. Joël lui avait raconté qu'après l'incendie, il n'avait pas pu voir les dépouilles de sa femme et de son fils. On n'expose pas les corps calcinés, impossibles à identifier. Depuis ce jour-là, il n'avait jamais cessé de les deviner du coin de l'œil, de les voir dans les visages des passants, dans la rue, de les imaginer à côté de lui dès que la lumière était fermée. Peut-être que c'était mieux de voir David une fois pour toutes, au fond. Joël tira Clarisse quelques pas en avant et ils s'arrêtèrent devant le cercueil.

Elle commença par remarquer la photo qui avait été placée derrière lui, à la hauteur des yeux. Sur l'image, il pêchait dans un ruisseau, de l'eau jusqu'aux genoux. Il ne souriait presque pas, mais il avait l'air heureux. Il était beau. La photo avait été prise l'année précédente. Tout autour du cadre, il y avait des gerbes de fleurs avec des cartes, offertes sans doute par les collègues et la direction de l'Université, par la famille, peut-être par ses amis.

Elle baissa finalement les yeux vers David. C'était moins pire que ce qu'elle avait imaginé. Il avait presque le même air que lorsqu'elle le regardait dormir. Pour la dernière fois, aujourd'hui, elle l'observait sans qu'il le sache, mais son visage avait quelque chose de changé, quelque chose d'imperceptible et d'omniprésent à la fois. C'était peut-être le maquillage, subtil, qui était destiné à lui donner l'air vivant mais qui lui donnait vaguement l'air d'un pantin. Elle lui prit la main, qui était moins froide qu'elle le craignait, et attendit d'être submergée par l'émotion. Rien ne se produisit. Elle était là, debout devant le corps du père de sa fille, le corps de l'homme qu'elle avait sans doute le plus aimé de toute sa vie, et elle n'arrivait pas à se sentir triste ou bouleversée. Elle se demanda si c'était normal ou si elle était devenue indifférente, insensible, si elle avait séché de l'intérieur. Elle s'était peut-être tellement torturée qu'elle avait dépassé le stade des émotions.

Elle fit signe à Joël qu'il pouvait s'éloigner. Elle serait capable d'être seule devant lui, à présent. Elle avait besoin d'être seule devant lui. Elle s'agenouilla devant le cercueil, son visage à la hauteur de celui de David, et elle se mit à chuchoter, tellement bas qu'elle entendait à peine le son de sa propre voix, tout ce qu'elle s'était répété dans sa tête depuis qu'elle savait qu'il était mort. Elle lui raconta tout, tout ce qui lui était arrivé depuis son départ, tout ce qui leur était arrivé à Lavinia et à elle, leurs joies et leur cauchemar, jusqu'à ce jour où madame Bernier l'avait appelée, et elle lui demanda tout, aussi, pourquoi il avait gardé ses lettres, et s'il serait vraiment parti en Norvège, et pourquoi il était mort. Puis elle s'excusa, enfin, de ne pas l'avoir cherché, de l'avoir privé de sa fille, même si ça avait sans doute été la meilleure chose à faire, et elle finit par sentir une boule se former dans sa gorge.

Quand elle n'eut plus rien à ajouter, elle se releva et pressa la main de David entre les siennes. Elle aurait aimé glisser quelque chose dans sa poche, une dernière fois, avant qu'il parte pour de bon, mais elle avait dit tout ce qu'elle avait à dire, et de toute façon, il ne pourrait plus jamais lire ses petits mots ni caresser les pierres polies qu'elle cachait dans ses vêtements.

Elle aurait voulu rester avec lui plus longtemps, mais les gens, derrière elle, commençaient à faire la file pour voir le corps. Son tour était fini.

***

En s'écartant du cercueil, elle avait cligné des yeux pour chasser les larmes, inspiré profondément et cherché Joël, qui s'était approché d'elle et avait repris son bras, sans même lui demander son avis. Il semblait déterminé à faire comme si rien ne s'était produit la veille et elle lui en était reconnaissante. En ce moment, elle avait seulement besoin d'une présence réconfortante, pas d'un rappel supplémentaire de sa propre stupidité.

Parmi la foule, elle chercha les parents de David des yeux. Ils n'étaient nulle part mais, près du cercueil, Véronique embrassait un homme, son mari, sans doute. La sœur de David se retourna et, l'apercevant, se dirigea vers eux en s'exclamant et la serra dans ses bras avec une énergie surprenante.

« Merci d'être venue! »

Elle se tourna vers Joël, qui se présenta et eut droit lui aussi à une accolade chaleureuse.

« Mes parents ne sont pas loin, ils vont vouloir vous embrasser. »

Elle serra leurs mains et disparut à l'entrée du salon pour accueillir des visiteurs qui venaient d'arriver, les laissant derrière, un peu pantois.

Ils n'avaient plus le choix de rester là, maintenant. Il faudrait attendre de rencontrer les parents, se présenter, les embrasser et les écouter parler de David. Il faudrait tout leur expliquer, ou leur mentir. Elle ne se sentait la force de faire ni l'un ni l'autre.

Joël amena Clarisse s'asseoir dans un coin de la salle, loin de l'agitation et du cercueil.

« Ça va? »

Ça allait. Ça irait. Elle passait toujours à travers tout, de toute façon.

« Vas-tu leur dire? »
– Je sais pas. Pas maintenant. »

Il lui semblait, maintenant qu'elle y était, qu'il n'y avait pas de bon endroit ni de bon moment, mais que le salon funéraire était sans doute le pire des contextes pour ce genre de révélation. Elle aurait encore davantage l'impression de jouer dans un *soap*. Il faudrait attendre après, trouver un terrain plus neutre.

De plus en plus de visiteurs arrivaient et défilaient devant le cercueil. Elle se demanda si David avait vraiment connu autant de gens, ou si c'était des habitants du village et des environs, des curieux, à cause du reportage de la veille. À en juger par l'âge moyen des personnes présentes, elle penchait plutôt pour la deuxième hypothèse.

Il y avait aussi des enfants qui jouaient avec des petits animaux, un peu plus loin, et qui faisaient discuter un éléphant et un ours noir comme s'ils avaient été élevés dans le même enclos. Clarisse et Joël restèrent silencieux un moment en les observant, chacun pensant à son propre enfant absent. Lavinia avait parlé tôt et, dans ses jeux, elle faisait souvent discuter ses personnages, reproduisait continuellement des scènes de sa vie, des conversations qu'elle avait eues, des disputes qui étaient survenues lorsqu'elle avait fait une bêtise. Clarisse, pendant ses visites, portait toujours attention à ce qu'elle disait, essayant de comprendre les émotions qu'elle transposait dans ses petites pièces, de décoder ce qu'elle pouvait tenter de lui signifier à travers ces répétitions infinies. Elle était particulièrement attentive lorsque Lavinia jouait une nouvelle scène, une scène qui ne lui évoquait rien de connu. Elle se demandait toujours si ce qu'elle disait sortait de son imagination, ou si c'était quelque chose qu'elle avait vécu sans elle, dans son autre vie. Les jeux de Lavinia étaient la seule fenêtre que Clarisse avait sur cette existence. Et même si elle savait qu'il valait peut-être mieux ne rien connaître, les discussions entre les petites voitures, les peluches, les animaux étaient là, piquant incessamment sa curiosité, et elle n'arrivait pas à les ignorer. Si Lavinia revenait un jour vivre avec elle, si elle décidait de se battre pour la reprendre, elle savait qu'elle ne pourrait jamais s'empêcher d'analyser ses moindres mots.

Elle leva à nouveau les yeux vers la foule qui s'amassait dans la petite salle et, lorsqu'elle vit la sœur de David prendre sa mère dans ses bras et qu'elle vit les larmes couler de leurs yeux identiques, elle sut qu'il était temps. Après un moment, les deux femmes s'éloignèrent l'une de l'autre, s'essuyant les joues d'un même geste, et Clarisse se dirigea vers elles d'un pas déterminé. En traversant la salle jusqu'à ce qui aurait pu être sa belle-famille, elle constata que ses propres vêtements s'apparentaient, en fin de compte, particulièrement aux leurs et remercia mentalement la fille de madame Bernier.

Elle alla exprimer ses sympathies aux grands-parents et à la tante de Lavinia le plus vite et le plus efficacement qu'il lui était possible de le faire sans être impolie. Elle limita le récit de sa relation avec David au strict minimum, embrassa tout le monde, serra des mains, promit de rester pour la cérémonie, un peu plus tard, et se retourna vers Joël.

« J'ai besoin de sortir. »

***

Sur le trottoir, après avoir retraversé la foule, elle avait senti la tension se relâcher dans ses épaules et ses mâchoires, son cœur se remettre à battre à une vitesse normale. Ce n'était pas fini, mais elle avait fait ce qu'il fallait pour l'instant. Elle avait vu David, elle avait salué Véronique et leurs parents, et rien de terrible ne s'était produit.

Ils marchèrent vers le centre du village, sans but précis, et Clarisse tira Joël par le bras pour le faire asseoir sur l'un des bancs qui faisaient face au fleuve. Elle s'y laissa tomber elle aussi et sortit de son sac une petite flasque, la déboucha et en prit une gorgée. Elle la tendit à Joël.

« C'est quoi?
– Vodka.
– Il est dix heures et demie… »

Elle haussa les épaules, prit une deuxième gorgée et rangea la flasque dans sa sacoche.

Elle avait appartenu à son grand-père maternel, qui l'avait toujours dans sa poche de veston et en prenait des petites gorgées, discrètement, pendant la messe, pendant les soupers de famille, les matchs de tennis à la télévision. Elle savait que ce n'était pas exactement un beau souvenir, mais c'était le seul objet de lui qu'elle possédait. Elle n'avait presque pas connu les parents de son père, qui vivaient aux États-Unis, mais ses grands-parents maternels avaient toujours été présents pendant son enfance. Clarisse aurait voulu pouvoir parler à sa grand-mère, aujourd'hui, pour lui demander quoi faire, profiter de sa sagesse comme elle l'avait fait si souvent, adolescente; mais il était trop tard, elle était morte bien avant que Lavinia vienne au monde. Clarisse avait souvent regretté qu'elle n'ait jamais pu connaître sa fille, que les quatre générations de femmes de sa famille n'aient pas pu être réunies. Si elle laissait Lavinia se faire adopter par la famille d'accueil, ces inconnus qui récoltaient les bébés blessés, elle mettrait fin pour toujours à cette filiation, elle couperait net ses racines. Avec les parents de David, au moins, Lavinia resterait liée à ses origines. C'était peut-être mieux que rien.

Clarisse ferma les yeux et poussa un soupir, se massa le cou, les tempes. Elle avait l'impression d'avoir monté l'Everest, et pourtant, elle n'était qu'au camp de base. Il faudrait retourner au salon bientôt.

De loin, des éclats de voix leur parvinrent et Clarisse reconnut avant même de se retourner la voix de madame Bernier, qui parlait toujours, semblait-il, plus fort que tout le monde. À ses côtés sur le trottoir marchait une jeune femme noire, probablement la seule de tout Sainte-Catherine-sur-Mer. Elles avançaient vers eux en discutant, sans les voir, jusqu'à ce qu'elles parviennent vis-à-vis d'eux. Madame Bernier s'exclama alors et se tourna vers la jeune femme en pointant Clarisse.

« C'est à elle que j'ai prêté tes vêtements! »

Clarisse écarquilla les yeux, mais madame Bernier devait être habituée, depuis le temps, parce qu'elle continua de papoter sans broncher et fit les présentations. En souriant, elle expliqua que Sophie, sa fille, avait été leur première pensionnaire, à son mari et à elle. Sophie leva les yeux au ciel, sans doute parce qu'elle entendait cette histoire pour la millième fois. Ils l'avaient adoptée en Haïti quand elle avait deux ans, puis avaient adopté ses frères d'une famille de Rimouski. Ils avaient eu un premier vrai pensionnaire, quelques années plus tard, puis deux, et puis ils avaient fini par remplir la maison. Son mari était décédé, aujourd'hui, mais elle continuait de gérer seule l'établissement.

Clarisse hocha la tête en souriant, et Victoire Bernier et sa fille reprirent leur chemin vers le magasin général, en attendant que les deux garçons viennent les rejoindre à la pension, un peu plus tard. Elle les regarda s'éloigner avec mille questions sur le bord des lèvres; comment s'étaient passées les adoptions, si les enfants se souvenaient de leurs parents biologiques, s'ils s'étaient sentis abandonnés. Après le passage au tribunal, elle était devenue obsédée par le sujet et elle avait lu tout ce qu'elle avait pu trouver, blogues, articles, reportages, malgré ce qu'elle découvrait parfois et qui lui faisait mal, malgré la tristesse et la laideur qui entouraient plusieurs de ces histoires. Elle aurait aimé en parler avec des gens qui l'avaient vraiment vécu – mais ce n'était évidemment pas le genre de questions qu'on pose à quelqu'un qu'on rencontre pour la première fois.

La famille de Rimouski l'intéressait particulièrement, parce que ça avait dû impliquer la DPJ. Elle en savait beaucoup sur le processus, mais la vie des enfants placés, une réalité qui ne lui avait jamais traversé l'esprit avant l'accident, restait une sorte de mystère. En fait, quand le médecin lui avait annoncé qu'elle ne pourrait pas repartir avec Lavinia parce qu'il avait fait un signalement, elle n'avait même pas compris tout de suite. Elle avait demandé si Lavinia avait besoin d'encore plus de tests, de rester plus longtemps en observation. Mais quand il avait parlé de la police et de la protection de la jeunesse, quelque chose en elle avait sauté. La terreur, mais aussi la colère et l'indignation l'avaient envahie et elle s'était levée en criant qu'elle n'avait rien fait de mal, qu'elle savait s'occuper de sa fille, et elle avait crié tellement fort que la sécurité avait été appelée. Quand elle avait vu les agents apparaître dans le cadre de porte, elle était en train d'attraper un porte-crayon pour le lancer en direction du médecin et de son petit air suffisant. Les agents l'avaient prise par les bras et l'avaient emmenée hors du bureau pendant qu'elle se débattait et criait des insultes au docteur. Ils l'avaient installée dans un petit local sans fenêtre et l'avaient laissée là, assise à une table, jusqu'à l'arrivée des policiers, qui l'avaient interrogée longtemps et lui avaient posé trop de questions, des questions qui n'avaient aucun lien avec l'accident de Lavinia ni avec ce qui venait de se passer. Quelqu'un de la DPJ était là aussi, quelqu'un qui avait écouté sa version et celle du médecin et qui s'était construit une histoire absurde pour aller la répéter devant un juge, quelques jours plus tard, malgré les protestations de Clarisse, malgré la batterie de tests qui ne montraient rien d'anormal chez Lavinia. On avait parlé d'un problème de gestion de la colère, de milieu instable, d'un faible réseau de soutien, du potentiel problème d'alcool de la mère. On l'avait dépeinte comme un véritable monstre pendant qu'elle était là, coincée dans son tailleur, à bouillir à l'intérieur mais à se retenir d'exploser pour ne pas envenimer la situation. Son avocate lui avait conseillé de parler le moins possible, et elle avait dû se mordre l'intérieur des joues pour ne pas hurler quand la représentante de la DPJ avait recommandé le retrait de l'autorité parentale et le placement en famille d'accueil.

La nuit, elle rêvait encore souvent qu'elle tuait cette femme en la dépeçant avec ses dents, mais ce n'était jamais assez pour apaiser sa haine.

Clarisse détourna les yeux des deux femmes, qui entraient dans le magasin, et se força à sourire, pour Joël. Elle lui demanda s'il avait déjà rencontré les enfants de la logeuse auparavant. Il connaissait Sophie, mais pas ses frères, et il trouvait que ça ressemblait à madame Bernier d'avoir adopté ses enfants. Ça prenait un tel dévouement, lui semblait-il, pour ramasser les petits écorchés et les remettre sur le droit chemin. Clarisse répondit qu'elle était d'accord. Madame Bernier avait l'air de s'en être bien sortie, mais des histoires d'adoption ratée, des histoires d'horreur, elle en avait lu à la pelletée. Pas seulement la mère du Tennessee, mais d'autres aussi, ici même, qui avaient fini par envoyer les enfants adoptés en centre jeunesse et qui avaient déménagé peu après leurs dix-huit ans, de peur qu'ils reviennent les tuer dans leur sommeil. Elle avait même découvert des groupes plus ou moins clandestins, sur Internet, qui permettaient d'offrir, comme un vieux chien qu'on envoie au refuge, les enfants adoptés dont on ne voulait plus. Il suffisait d'une rencontre dans un stationnement, comme pour un *deal* de drogue, et c'était fini. Dieu sait ce que les gens qui prenaient des enfants à travers ces groupes allaient faire avec eux, mais le parent adoptif en était débarrassé, et c'était l'essentiel.

Or, elle savait aussi à quel point la machine juridique était rapide à s'emballer et elle ne pouvait pas s'empêcher de penser, du même coup, aux parents laissés derrière, ceux à qui des travailleurs sociaux bien intentionnés avaient enlevé leur enfant pour toujours, ou ceux qui avaient appelé à l'aide et qui n'avaient certainement pas imaginé l'horreur qui allait suivre. Est-ce qu'ils en avait voulu à ceux qui avaient pris leur bébé, ou est-ce qu'ils étaient soulagés? Avaient-ils de la peine, étaient-ils en colère, ou, au contraire, est-ce que ça les arrangeait? C'était probablement un peu des deux; c'était toujours plus compliqué qu'il n'y paraissait.

Clarisse jeta un coup d'œil à Joël, qui gardait les yeux fixés au loin. Elle sentit qu'elle avait franchi une frontière.

Après quelques minutes de silence, Joël se tourna enfin vers elle.

« Excuse-moi. Je peux pas parler de ça, c'est au-dessus de mes forces. »

Elle comprenait. Elle s'excusa elle aussi et lui prit le bras en silence, l'entraînant vers le quai qui s'avançait dans l'eau bleue du fleuve, scintillant aujourd'hui sous le soleil printanier, presque chaud.

***

Après avoir tourné en rond dans le cœur de Sainte-Catherine-sur-Mer, ils avaient fini par rebrousser chemin pour retourner au salon grignoter des sandwichs et des crudités et assister à la cérémonie.

Les pensionnaires, accompagnés de madame Bernier et de ses trois enfants, étaient arrivés comme un clan, un peu avant le début des discours, et étaient venus s'asseoir près d'eux. Le salon était plein. Au fond de la salle, des grappes de jeunes, sans doute des étudiants de David, regardaient timidement autour d'eux, visiblement émus malgré leurs efforts pour le cacher.

Véronique fut la première à s'avancer, avec sa fille qui restait accrochée à sa jambe. Ses gestes étaient doux, malgré la douleur qu'on pouvait voir traverser son corps comme un courant électrique.

Elle remercia les gens de leur présence, puis sortit une feuille de la poche de son veston, la déplia en tremblant, et commença à lire les mots qu'elle avait dû écrire seule chez elle, la veille, en espérant pouvoir les dire sans pleurer. Clarisse, en l'écoutant, avait envie de la serrer dans ses bras. Même si elle ne connaissait à peu près rien d'elle, elle s'en sentait proche, comme liée à elle par un fil invisible, un prolongement de son lien avec David. Le regard fixé sur sa feuille, Véronique tentait de maîtriser les secousses qui cassaient sa voix alors qu'elle décrivait l'amour de son frère pour la nature, pour le fleuve, la forêt. Elle fit rire tout le monde en racontant des souvenirs d'enfance, des anecdotes d'adolescence, puis conclut en disant que sa mort était injuste, mais qu'il était mort en faisant ce qu'il aimait, dans un endroit qu'il aimait, et que c'était ce qu'on pouvait souhaiter de mieux. La petite, à côté d'elle, fixait l'assistance de ses immenses yeux, sans bouger, et Clarisse crut un instant voir Lavinia qui la regardait sans comprendre, l'air triste et accusateur.

L'émotion avait gagné la salle et on entendit, alors que Véronique retournait s'asseoir près de ses parents et de son mari, quelques personnes se moucher.

Un professeur de l'Université, ancien directeur de thèse de David, vint ensuite parler de sa rigueur, de sa passion pour la recherche et l'enseignement, puis un ami d'enfance prononça quelques phrases lui aussi. Comme Véronique avant eux, ils ne dirent pas un mot de l'enquête policière ni du scandale qui avait éclaté à l'Université avec cette histoire de drogue. Tout le monde semblait décidé à ignorer soigneusement l'éléphant dans la pièce, par gêne ou par respect pour la famille. De toute façon, l'enquête ne concernait plus David, elle s'occupait de ceux qui vivaient encore, et ce serait à eux, pas aux Hamelin, de payer le prix de leurs décisions.

Enfin, Véronique se leva à nouveau. L'enterrement aurait lieu dans quelques semaines, le sol n'était pas encore assez dégelé dans le petit cimetière du village, devant le fleuve. Avant que le cercueil soit emporté et mis en charnier en attendant le dégel, elle invitait tout le monde à écouter une chanson, une des préférées de son frère, pour lui dire au revoir.

Elle fit signe à quelqu'un, au fond de la salle, et des haut-parleurs placés de part et d'autre se mirent à résonner. Clarisse reconnut immédiatement les premières notes. C'était une des chansons de *Rubber Soul*, l'album qu'ils avaient écouté ensemble tout l'été; c'était la pièce qu'ils avaient fait jouer en boucle, comme pour se dire à travers elle tout ce qu'ils n'osaient pas mettre en mots, que *but of all these friends and lovers, there is no one compares with you.* C'était aussi celle qu'elle avait chantée des centaines de fois à Lavinia pendant qu'elle la berçait pour l'endormir, la gorge toujours nouée quand elle arrivait à cette phrase du deuxième couplet, *I think of love as something new*, pensant à la fois à David et à ce bébé qui la regardait avec ses yeux trop grands, à qui elle pouvait répéter sans fin *in my life, I love you more.*

Et alors, pour la première fois depuis qu'elle était arrivée, elle se mit à pleurer vraiment, brutalement, incontrôlablement, à gros sanglots, sans se soucier des regards qui se tournaient vers elle.

Joël lui tendit un mouchoir et passa son bras autour de son épaule. Elle continua de sangloter jusqu'aux dernières notes de la chanson, puis, lentement, elle sentit les larmes se tarir et son corps s'apaiser, et comme elle réussissait finalement à se calmer, Véronique demanda à tout le monde de se lever. Des porteurs s'emparèrent du cercueil et l'emmenèrent à l'extérieur, suivis par monsieur et madame Hamelin qui se soutenaient l'un l'autre.

C'était fini. David était mort et son corps, ce corps qu'elle avait aimé, embrassé, caressé, et qui avait fini brisé contre le sol dur de la forêt, qui serait réduit en poussière jusqu'à sa disparition complète, était parti, enfermé dans sa boîte, pendant qu'elle-même continuait d'exister comme si de rien n'était.

***

Ils rentrèrent tous ensemble à la pension, madame Bernier, ses enfants et les pensionnaires, dans un silence de recueillement. En arrivant, Joël disparut dans le sous-sol et remonta avec des bières pour tout le monde, et la vie parut revenir dans la maison une fois les bouteilles débouchées, une vie que Clarisse n'avait pas même soupçonnée depuis son arrivée ici. L'angoisse des pensionnaires, leur réserve, leur malaise semblaient s'être dissipés avec la disparition du cercueil, comme s'ils avaient enfin réussi à se convaincre que tout irait bien. Avec les enfants Bernier, qui passeraient la fin de la journée à la pension avant de migrer chez Sophie pour la nuit, ils se mirent à discuter, à parler de David, mais aussi de n'importe quoi, riant trop fort comme si la joie devait compenser toute la tristesse de la journée.

Clarisse s'installa un peu à l'écart avec sa bière, dans le salon, observant les interactions sans vraiment y participer. Elle n'osait pas filer en douce dans sa chambre, de peur d'être poursuivie par madame Bernier qui voudrait certainement l'intégrer à tout prix, mais elle avait encore besoin de réfléchir. Les funérailles terminées, elle ne pourrait pas justifier sa présence au village encore très longtemps, il faudrait retourner à Montréal, retrouver son appartement vide, la galerie, sa vie qu'elle avait mise en pause pendant les derniers jours. Si elle rentrait demain sans rien faire, le statu quo serait là, à l'attendre, rien ne serait réglé, elle n'aurait fait que fuir le problème pour un temps, l'empirer, même, peut-être. Il fallait au moins qu'elle prenne une décision, qu'elle ait un plan, parce qu'elle ne pouvait pas supporter l'idée de rester plus longtemps enlisée dans cette eau stagnante.

Elle resta assise longuement dans son fauteuil. Madame Bernier finit par remarquer son silence et, comme Clarisse l'avait prévu, elle vint s'asseoir près d'elle. Mais elle ne tenta pas d'aller la chercher, de la sortir de ses pensées pour la ramener à la surface avec les autres. Elle se contenta de lui offrir un verre du vin blanc qu'elle avait débouché, quand les bières vides avaient commencé à s'accumuler sur le comptoir, et de boire le sien sans rien dire. Après quelques minutes, Clarisse lui demanda, en continuant de fixer un point au hasard, pourquoi elle avait choisi Haïti comme pays d'origine, pour l'adoption.

Victoire Bernier ne sembla pas surprise par la question, peut-être parce qu'elle était habituée à la curiosité des gens du village, qui avaient dû poser eux-mêmes beaucoup de questions quand elle et son mari avaient ramené Sophie chez eux. Ils avaient choisi le pays un peu au hasard, à vrai dire, parce que ce n'était pas aussi loin que la Chine et que les gens là-bas parlaient français. Lorsqu'ils étaient revenus ici avec Sophie, en plein hiver, le choc avait été terrible, pour elle comme pour eux. En deux ans d'existence, elle avait changé d'orphelinat deux fois après avoir été abandonnée par ses parents, et un spécialiste, en ville, lui avait diagnostiqué une dépression quelques mois après leur retour. Ils avaient craint pendant longtemps que ses capacités d'attachement soient complètement bousillées, mais le lien s'était construit, lentement, malgré tout, et aujourd'hui, elle était plus proche de sa mère que Clarisse pouvait l'être de la sienne. Ses frères étaient arrivés dans la famille quelques années plus tard. Madame Bernier et son mari avaient choisi d'adopter leur deuxième enfant au Québec parce qu'ils n'avaient pas les moyens de le faire encore une fois à l'international. Quand le cas de la famille de Rimouski s'était présenté, avec deux enfants, l'un de dix-huit mois et l'autre de trois mois, ils n'avaient pas pu se résoudre à séparer des frères et les avaient pris tous les deux en famille d'accueil, puis les avaient adoptés. Avec le plus jeune, encore bébé, la transition s'était assez bien passée, malgré les coliques et les nuits blanches, mais le plus vieux faisait des crises de colère incontrôlables, multipliait les mauvais coups, attaquait violemment sa sœur, qui s'était mise à se replier sur elle-même.

« Avez-vous déjà regretté de les avoir adoptés? »

Madame Bernier regarda Clarisse avec un sourire songeur.

« Au début, oui. Je le disais à personne, pas même à mon mari, mais je rêvais souvent la nuit que je les redonnais à leurs parents. Je me réveillais en pleurant parce que j'avais honte. Je les avais choisis, j'avais pas le droit de regretter. Mais ça a fini par passer. Aujourd'hui, si c'était à refaire, je changerais rien. »

Clarisse hocha la tête. Madame Bernier regardait ses trois enfants avec fierté, mais également avec une sorte de dévotion, une adoration qu'elle reconnaissait bien. Elle aussi, elle regardait Lavinia comme ça. Elle aussi, au fond, elle avait choisi sa fille, et elle avait honte de le regretter, parfois. Elle avait déjà songé plus d'une fois que, si jamais il arrivait quelque chose à la petite, si elle mourait par accident, par exemple, elle n'aurait pas d'autre enfant. Sa carrière maternelle s'arrêterait là. Ce n'était pas si simple, aujourd'hui. Elle n'était pas morte, elle était bien vivante, simplement ailleurs, loin d'elle, faisant la joie de quelqu'un d'autre en attendant qu'elle se décide à aller la chercher ou à l'abandonner. Mais si elle se décidait à la reprendre, justement, est-ce qu'elle n'allait pas quand même avoir brisé sa confiance pour toujours? Et est-ce que toute leur vie ne serait pas exactement comme avant, les crises, la suffocation, l'impatience, et même pire? Un jour, aussi, Lavinia finirait bien par lui poser des questions, par demander qui était son papa et pourquoi il ne venait jamais la voir. Il faudrait lui expliquer, lui dire qu'il était enterré au bord du fleuve et qu'elle ne le connaîtrait jamais. Lavinia lui en voudrait, et elle érigerait David en héros, il serait embelli par l'absence, alors qu'elle ne serait plus que la méchante dans leur histoire.

Elle avait l'habitude des fins abruptes; elle s'était toujours sauvée dès que ça devenait difficile, elle avait coupé tellement de ponts déjà qu'elle s'était elle-même construit son île avec les retailles. Mais elle voyait bien, maintenant, tout ce qu'elle avait raté de David, en si peu de temps, tous les regrets qu'elle avait alors qu'il était trop tard, et elle mesurait pour la première fois l'ampleur de la perte. Si elle choisissait de ne pas se battre, de se laisser dériver loin de sa fille, elle ne saurait jamais si Lavinia avait hérité de ses défauts ou de ses qualités, elle ne saurait pas si ses cheveux allaient finir par friser comme les siens, si elle aurait un talent pour le dessin, et les berceuses que sa mère et sa grand-mère lui avaient chantées quand elle était petite s'éteindraient pour toujours, sans oreilles dans lesquelles les déverser. Elle n'aurait plus personne à aimer de cet amour unique et impossible, plus personne à qui se vouer, et ce vide lui faisait étrangement peur. Même si, depuis quelques mois, elle s'était évertuée à remplir son existence de tous les plaisirs de sa vie d'avant, ils s'éventaient de plus en plus vite et ne l'atteignaient plus que comme un bruit lointain, comme les sons déformés qu'on entend sous l'eau. En deux ans, Lavinia était devenue son point focal et, sans elle, Clarisse ne savait plus comment voir le monde clairement à nouveau.

Son téléphone vibra. Avant même de le regarder, elle sut que c'était Renaud. Personne ne la textait jamais, à part lui, et elle n'avait toujours pas donné suite à son dernier message, laissant à la curiosité tout le loisir de le ronger.

Comment ça se passe?

Elle soupira, commença à taper quelque chose, puis se ravisa, effaça tout et rangea le téléphone dans sa poche. Il fallait qu'elle arrête de lui répondre, qu'elle cesse de se faire croire qu'ils étaient ensemble dans ce labyrinthe. Elle était toute seule et elle l'avait toujours su. Il était temps qu'elle trouve son Minotaure, et qu'elle le dévore.

***

Après un souper animé, pendant lequel Clarisse avait même réussi à rire, elle aussi, la propriétaire de la pension avait envoyé Alain faire un feu dans le petit foyer qu'elle gardait dans la cour, et ils étaient tous allés s'asseoir autour malgré le froid, avec des guimauves à griller et du cidre chaud. Clarisse s'était placée à côté de Joël, qui lui avait indiqué du regard l'endroit où il avait enterré la boite contenant le stock de tous les locataires, celui qu'ils avaient hâte, sans doute, de retrouver, une fois que la situation se serait complètement tassée et qu'il n'y aurait plus aucun risque. Elle avait souri. Il ne lui avait pas parlé des parents de David ni de la décision qu'elle devait prendre, il avait seulement comparé leurs choix de bâton et leurs techniques de grillage de guimauve, puis, quand le plus jeune des fils de madame Bernier avait sorti une guitare de son coffre d'auto, ils avaient chanté. Clarisse avait regardé tous les visages l'un après l'autre et avait eu cette impression d'achèvement, comme le dernier soir en colonie de vacances, quand on sait qu'on vit les derniers moments en groupe avant de retourner chacun chez soi, avant de retrouver la vie ordinaire. Quelque chose avait véritablement pris fin; l'attente, les limbes dans lesquels ils s'étaient trouvés depuis la disparition, tout ce chapitre était maintenant clos. Il leur restait à rassembler leur courage pour entreprendre autre chose, quelque chose de beaucoup plus grand, de beaucoup plus long et exigeant; il fallait faire le deuil de David.

Ça pouvait encore attendre à demain, quand les braises du feu auraient fini de rougeoyer.

VENDREDI

Quand la sonnerie la réveilla, elle était en train de rêver à David. Elle garda les yeux fermés, pour laisser au rêve le plus de temps possible avant de s'estomper et de disparaître, puis elle les ouvrit, mais resta couchée. L'imminence du départ, comme un ultimatum, la forçait à tout remettre en perspective. Soudain, les scénarios qui avaient tourné sans arrêt dans sa tête depuis une semaine, depuis des mois, même, avaient le potentiel inquiétant de se réaliser d'un jour à l'autre. Elle se demanda ce que David ferait à sa place, ce qu'il aurait voulu qu'elle fasse. Elle pouvait seulement spéculer et projeter ses propres désirs sur les siens.

Malgré l'heure à laquelle ils s'étaient tous couchés la veille, elle avait l'esprit étonnamment clair, un peu comme si son cerveau avait profité de son sommeil pour tout remettre en ordre, comme si la nuit pouvait véritablement porter conseil. Il lui semblait que les morceaux de son casse-tête commençaient tranquillement à se mettre en place, même si le résultat final restait imprécis.

Encore songeuse, elle descendit à la cuisine et trouva Alain et madame Bernier, les yeux tout petits de fatigue, en train de mettre la table. La mort de David avait réussi à ébranler les habitudes de la pension, comme elle l'avait fait sans doute pour bien des habitants de Sainte-Catherine-sur-Mer. Bientôt, pourtant, la vie reprendrait son cours, et Victoire Bernier trouverait un autre pensionnaire pour occuper la chambre de David, et elle recommencerait à dresser la table le soir, avant de se coucher.

Une fois les couverts bien disposés et les pots de confiture sortis du frigo, Alain se mit à table devant son déjeuner et Clarisse alla rejoindre la logeuse à côté de la cafetière.

« J'ai un service à vous demander… »

Sans poser de questions, Victoire Bernier alla chercher son carnet d'adresses, dicta les coordonnées des parents de David à Clarisse, qui les inscrivit dans son téléphone. Joël entra dans la cuisine au même moment, en trainant ses pantoufles sur le plancher, et elle leva les yeux vers lui.

« Bien dormi? »

Joël hocha la tête, mais ses yeux révélaient eux aussi la courte durée de la nuit. Madame Bernier vint déposer leur repas devant eux. Cécile ne tarda pas à les rejoindre et, tous ensemble, dans le silence habituel qui était devenu moins lourd et plus enveloppant, ils prirent le premier véritable déjeuner de leur vie après David.

Clarisse songea que c'était comme ouvrir un cahier neuf, mettre une toile vierge sur le chevalet. La même peur du vide, la même liberté de recommencer, de choisir.

Elle mastiqua longuement son pain grillé, but lentement son café, sentant émerger une impression diffuse qui devenait de plus en plus limpide à mesure qu'elle la laissait éclore. Enfin, elle se tourna vers Joël.

« Si tu peux, j'aurais besoin d'un *lift* aujourd'hui.
– Pas de problème. »

Clarisse lui sourit et se leva, laissant derrière elle son assiette et sa tasse vides, satisfaite.

***

Elle avait acheté son billet d'autobus sur Internet et avait refait ses bagages, fouillant sous le lit, dans le placard, pour être certaine de n'avoir rien oublié. Avant d'aller chercher Joël dans sa chambre et de descendre pour la dernière fois, Clarisse entra dans la chambre de David et ouvrit les tiroirs, regarda longuement ses chandails, comme pour en imprégner sa mémoire, respira leur odeur d'huile de pin et en choisit un, son préféré, qu'elle glissa dans son sac. Puis, elle ferma les yeux et fit ses adieux à David, les vrais, les plus définitifs, ceux du cœur. Elle lui souhaita d'être bien là où il était, elle s'excusa une dernière fois pour tout le tort qu'elle lui avait causé sans même qu'il le sache, puis lui promit de faire ce qu'il fallait, cette fois. Elle saurait se débrouiller sans lui.

Avec Joël à sa suite, elle descendit au salon, où les pensionnaires l'attendaient pour la saluer avant son départ. Alain et Cécile l'embrassèrent chacun à leur tour, un peu gauchement, et elle leur glissa dans la main une carte de la galerie.

« Si jamais vous passez par Montréal… »

Elle alla enfin embrasser madame Bernier et, spontanément, la serra dans ses bras.

« Merci pour tout.
– C'est rien, ma belle fille. »

En sortant de la maison, elle fit un petit salut au village, monta dans la voiture de Joël, et ils firent le chemin en silence jusqu'à l'arrêt d'autobus. Il n'y avait personne, comme la dernière fois, que la forêt et le stationnement vide.

Ils regardèrent les nuages traverser le ciel jusqu'à ce que l'autobus apparaisse au loin, et Joël attrapa la main de Clarisse.

« Fais attention à toi.
– Toi aussi. Tu sais où me trouver, si t'as besoin. »

Elle respira pour une dernière fois l'odeur du fleuve et s'avança vers le véhicule. Il lui tendit son sac avant qu'elle monte les marches et lui souffla un baiser quand la porte se referma. Il resta là, debout dans le stationnement, jusqu'à ce qu'il ne puisse plus la voir.

Une fois bien installée dans son siège au fond de l'autobus presque vide, Clarisse sortit son téléphone. C'était l'heure du dernier round.

Elle commença par ses parents. À cette heure-ci, ils étaient sûrement sur la plage, en train de se faire dorer au soleil, impossibles à joindre. C'était parfait. Ce serait plus facile de piler sur son orgueil si elle devait le faire sur la boîte vocale. Elle composa leur numéro et laissa un long message, un message contrit et honnête, dans lequel elle leur tendait la main en sachant qu'elle n'aurait sûrement pas de nouvelles d'ici le soir, voire peut-être le lendemain.

Puis, elle texta Renaud, pour le prévenir.

Je suis dans l'autobus, je m'en viens
Je vais pouvoir travailler demain

Leur as-tu parlé?

Pas encore

???

Elle se força à fermer l'application avant de s'embourber dans la vase des justifications. Évidemment, il ne comprenait pas; mais il ne comprendrait sans doute jamais, de toute façon, et elle n'avait plus d'énergie à gaspiller pour tout lui expliquer.

Elle écrivit, enfin, un long courriel à la travailleuse sociale, pour lui dire qu'elle était prête. Prête à suivre toutes ses recommandations, à ne plus manquer une seule visite, à retisser patiemment le fil entre sa fille et elle. Elle était en route, et elle était parée pour la bataille.

Ce serait difficile, elle le savait. La lutte serait longue, les jours seraient comme des semaines et les semaines, comme des mois; mais elle ne serait pas seule, et elle finirait par sortir du labyrinthe pour arriver là où, elle en était sûre, Lavinia l'attendait. Elle ne serait finalement pas cette mère qui quitte l'aéroport, libérée, soulagée malgré les remords et la déception. Elle serait celle qui fait face au monstre et qui ne laisse personne douter de sa force.

Avant de fermer son téléphone, elle regarda une dernière fois les coordonnées des parents de David, gardées précieusement pour qu'un jour, quand elle sentirait que le moment était venu, quand la tempête serait loin derrière elles et qu'elles auraient sorti leur tête de l'eau, les liens puissent se nouer et la filiation, se compléter. Mais avant, elle avait besoin de reconstruire leur nid, de ses propres mains.

Elle leva les yeux vers le fleuve immense, au bord de la route, et sortit de son sac les crayons et le petit cahier rouge du magasin général. Elle l'ouvrit à la première page, vierge, offerte, et se mit à dessiner, timidement d'abord, puis de plus en plus vite, pour rattraper son retard, un retard accumulé depuis des années. Elle dessina des poissons, des dizaines de poissons, comme ceux des carnets de David, et comme tous ceux qui peuplaient le fleuve, celui qu'elle remonterait jusque chez elles.

Aussi chez Ta Mère

Collection principale

00 – *Le livre noir de ta mère*, Collectif
01 – *Je pense que ce recueil s'adresse à toi*, Maxime Raymond
02 – *American épopée*, Guillaume Cloutier
03 – *Les plus belles filles lisent du Asimov*, Simon Charles
04 – *Plusieurs excuses*, Stéphane Ranger
05 – *Vers l'est*, Mathieu Handfield
06 – *Événements miteux*, Frédéric Dumont
07.1 – *Sens uniques*, Gautier Langevin
08 – *Ceci n'est pas une histoire de dragons*, Mathieu Handfield
09 – *Un monstre*, Christophe Géradon
10 – *Partir de rien*, Maude Nepveu-Villeneuve
11 – *M.I.C.H.E.L. T.R.E.M.B.L.A.Y.*, Orson Spencer
12 – *Les cicatrisés de St-Sauvignac (histoires de glissades d'eau)*, Sarah Berthiaume, Simon Boulerice, Jean-Philippe Baril Guérard et Mathieu Handfield
13 – *Ménageries*, Jean-Philippe Baril Guérard, Benoit Tardif
14 – *Maison de vieux*, Collectif
15 – *Danser a capella*, Simon Boulerice
16 – *Toutes mes solitudes!*, Marie-Christine Lemieux Couture
17 – *Villes mortes*, Sarah Berthiaume
18 – *Maison des jeunes*, Collectif
19 – *Les fausses couches*, Steph Rivard
20 – *Clotaire Rapaille, l'opéra rock*, Olivier Morin, Guillaume Tremblay et Navet confit
21 – *Albert Théière*, Matthieu Goyer
22 – *Sports et divertissements*, Jean-Philippe Baril Guérard
23 – *Igor Grabonstine et le Shining*, Mathieu Handfield
24 – *L'assassinat du président*, Olivier Morin et Guillaume Tremblay
25 – *Des nouvelles de Ta Mère*, Collectif
26 – *La remontée*, Maude Nepveu-Villeneuve
27 – *Des explosions*, Mathieu Poulin

Collection Pop-en-stock

01 – *Youtube théorie*, Antonio Dominguez Leiva
02 – *Séries télé, saison un*, Collectif
03 – *Les filles aussi jouent de l'air guitar*, Hélène Laurin

RECYCLÉ
Papier fait à partir de matériaux recyclés
FSC® C100212
FSC www.fsc.org

Achevé d'imprimer
en octobre deux mille quinze, sur les presses
de l'imprimerie Gauvin, Gatineau, Québec